hänssler

CORRIE TEN BOOM

Voller Liebe

© Copyright der amerikanischen Ausgabe 1977
Published 1977 by Fleming H. Revell a Division of
Baker Book House, Grand Rapids MI, USA
Originaltitel: Amazing Love
Übersetzt von Brita Becker

hänssler-Taschenbuch
Bestell-Nr. 392.950
ISBN 3-7751-2950-2
© Copyright der deutschen Ausgabe 1999
by Hänssler-Verlag, D-71087 Holzgerlingen
Umschlaggestaltung: Martina Stadler
Titelfoto: Christians Inc. vertreten durch Winfried Bluth, M. A.
Satz: AbSatz Ewert-Mohr, Klein Nordende
Druck und Bindung: Ebner Ulm
Printed in Germany

INHALT

Pläne

Die Herzen der Menschen sind erstaunlich ähnlich

Die Stille der Nacht war über siebenhundert Frauen hereingebrochen, die eng zusammengepfercht in den Baracken eines Konzentrationslagers schliefen.

Meine Schwester Bep weckte mich und flüsterte mir wieder zu, was Gott ihr über die Arbeit gesagt hatte, die uns nach unserer Befreiung erwartete.

»Wir müssen ein Heim für Menschen eröffnen, die hier und in anderen Lagern so viel leiden mussten. Der Krieg hatte hier alles Leben angehalten. Aber der wichtigste Teil unserer Aufgabe wird sein, jedem, der zuhören will, zu sagen, dass Jesus die einzige Antwort auf die Probleme ist, die die Herzen der Menschen und der Völker zerstören. Wir müssen das Recht haben zu sprechen, denn wir können aus eigener Erfahrung erzählen, dass sein Licht stärker ist als die tiefste Dunkelheit. Sicherlich, es gab kein dunkleres Kapitel in unserem Leben als unsere Erfahrungen hier. Ich sage mir immer wieder, ›es kann unmöglich noch schlimmer kommen‹, aber jeden Tag erleben wir, dass die Not noch schlimmer wird. Wie wunderbar, dass die Existenz seiner Gegenwart größer ist als die Hölle um uns herum! Wir werden viel reisen müssen, aber wir dürfen niemals unsere Energie darauf verwenden, Spenden zu sammeln.

Gott wird für alles sorgen, was wir brauchen: Geld, Gesundheit, Weisheit und die notwendigen Sprachkenntnisse. Alle unsere Bemühungen müssen darauf ausgerichtet sein, dass wir das Evangelium verkünden, denn wir werden viele Gelegenheiten dazu haben.«

Beps Augen sahen nicht die schmutzigen Menschenmassen um uns herum. Sie blickte in die Zukunft, und ein Hauch von Heiterkeit erhellte ihr ausgezehrtes Gesicht.

Drei Tage später starb sie, und zehn Tage später, genau eine Woche, bevor alle Frauen meines Alters getötet wurden, wurde ich aus dem Konzentrationslager entlassen.

In diesem Buch will ich einige meiner Erfahrungen während der ersten Jahre meiner Wanderung beschreiben. Warum ich das tue? Weil ich herausgefunden habe, dass viele Menschen diese Botschaft unbedingt brauchen.

Die Herzen der Menschen sind erstaunlich ähnlich. Ob ich nun mit Menschen in Amerika, England, der Schweiz, Deutschland oder Holland spreche, ich entdecke oft dasselbe Bedürfnis und dieselbe Unwissenheit, was wir in Jesus Christus sein können, wenn wir doch nur die Bibel – wie Kinder – einfach als das Wort Gottes annehmen würden ... das Wort, das uns von der Torheit Gottes lehrt, die die Weisheit der Menschen bei weitem übertrifft, und von der Liebe Gottes, die jedes Verstehen übersteigt.

Wenn wir in der Bibel lesen, sollten wir niemals die menschliche Weisheit oder die Normen unserer eigenen Vernunft als Maßstab anlegen.

Ich fuhr einmal auf einem Schiff, das mit Hilfe eines Radarsystems gesteuert wurde. Der Nebel war so dicht, dass wir noch nicht einmal das Wasser um uns herum sehen konnten. Aber auf dem Radarschirm war ein Lichtpunkt, der anzeigte, dass in der Ferne ein anderes Schiff war. Das

Radar durchdrang den Nebel und fing sein Bild auf. Und genauso ist der Glaube das Radarsystem, das die Wirklichkeit durch die Wolken hindurch erkennt.

Die Tatsache, dass Christus der Sieger ist, kann man durch den Glauben sehen, also durch unser Radarsystem. Unser Glaube erkennt, was wirklich und real ist; unsere Sinne erkennen nur das, was auf drei Dimensionen begrenzt ist und was wir mit unserem Verstand begreifen können. Glaube sieht weiter.

Ich bin keine Gelehrte, aber vieles von dem wenigen, was ich sicher weiß, habe ich gelernt, als ich dem Tod vor dem Krematorium in Ravensbrück gegenüberstand. Darum benutzt mich Gott manchmal, um Menschen zu helfen, die viel mehr wissen als ich.

Vergebung

»Und wenn ihr steht und betet, so vergebt,
wenn ihr etwas gegen jemanden habt, damit auch euer
Vater im Himmel euch vergebe eure Übertretungen.«
Markus 11,25

Warum sollten wir uns mit den Sünden
der anderen abgeben, wenn unsere eigenen Sünden in die
Tiefen des Meeres geworfen wurden?

Ich war zu Gast auf einer Farm in den weiten Prärien von Kansas. Wie weit der Horizont in jede Richtung reicht! Und wie klar die Luft dort ist! Wir Holländer sind wegen der Atmosphäre an verschwommene Farben und Linien unserer Landschaften gewöhnt. Aber dort war alles auf dreihundert Meter und weiter ganz deutlich zu erkennen und es schien greifbar nahe zu sein. Wenn die Sonne untergeht, fallen die Schatten hart und klar abgegrenzt von den Scheunen, den Kühen und sogar von den zipfeligen Konturen des Getreides.

Es war eine große Familie, bei der ich zu Gast war, und ich fühle mich immer besonders wohl, wenn ich mitten in das Leben einer typisch amerikanischen Familie aufgenommen werde. Die jüngste Tochter meiner Gastfamilie beendete gerade ihre High School und wir alle hatten vor, den

Abschlussprüfungen in der kommenden Woche beizuwohnen.

Alle? Etwas drohte die Freude dieses schönen Anlasses zu trüben. Einige Monate zuvor hatte es eine Auseinandersetzung zwischen dem Vater und seinem ältesten Sohn gegeben. In einem Wutanfall hatte der Vater seinem Sohn die Tür gewiesen und ihm verboten, jemals wieder die Schwelle zu übertreten. Die Mutter hatte mir die ganze Geschichte im Vertrauen erzählt. Für sie würden die Abschlussfeierlichkeiten keine Freude sein. »Mein Sohn hat eine Farm nicht weit von hier«, sagte sie, »aber ich bin sicher, er wird nicht kommen wollen.«

Wir beteten gemeinsam darüber und dann wartete ich auf die Gelegenheit, die Gott für mich vorbereiten würde; dessen war ich mir ganz sicher.

Ich machte einige recht interessante Erfahrungen auf der Farm. Ich hatte geholfen, den Traktor zu fahren, und obwohl der Bauer hinter mir stand, war ich doch stolz, dass ich die Ecken so sauber hingekriegt hatte.

An einem Nachmittag wollte ich reiten. Die ganze Familie stand dabei und sah zu, wie ich aufstieg. Das Pferd war etwas störrisch und die Zügel interessierten es überhaupt nicht. Stattdessen lief es hinüber zum Wassertrog, begann zu trinken und setzte dann seine Füße in den Trog. Ich hatte alle Hände voll zu tun, nicht vornüber zu fallen. Mit vereinten Kräften führten wir das Pferd dann schließlich zur Straße; aber ich musste jede Menge scherzhafter Ratschläge und Gelächter angesichts meiner ersten Reitstunde über mich ergehen lassen. Als ich dann auf der Straße war, lief jedoch alles gut. Das Pferd ging jetzt ganz ruhig. Die ganze Prärie lag ausgebreitet vor mir, und ich sog die reine Luft ganz tief in mich hinein. Das Getreide rauschte und der Wind spielte mit meinem Haar. Welch eine Freude ist es, die Welt von einem Pferderücken aus zu betrachten!

Dann ritt der Bauer zu mir auf, und bevor ich mir dessen auch nur bewusst wurde, war sie da, die Gelegenheit, um die wir gebetet hatten.

»Haben Sie schon einmal gebetet ›vergib uns unsere Schuld, wie auch wir vergeben unseren Schuldigern‹?«, fragte ich ihn. »Wissen Sie, was aus Ihren Sünden geworden ist? Wenn Sie an Jesus Christus glauben und zu ihm gehören, dann wurden sie in die Tiefen des Meeres geworfen, und das ist sehr tief. Aber dann erwartet er auch von Ihnen, dass Sie Ihrem Sohn seine Sünden vergeben und auch sie in die Tiefen des Meeres werfen. Stellen Sie sich nur einmal vor, wie Sie sich fühlen würden, wenn es einen Krieg gäbe und Ihr Sohn einrücken müsste und dort fallen würde. Meinen Sie nicht, Sie sollten ihm jetzt sofort vergeben? Die Liebe, die Gott Ihnen in Jesus Christus entgegenbringt, ist dieselbe, die er durch seinen Geist in Ihr Herz ausgießt. Wenn Sie Ihr Herz öffnen, um diese Liebe zu empfangen, wird seine Liebe Ihre Liebe werden, und seine Vergebung Ihre Vergebung.«

Während dieses ganzen Gesprächs betete ich, dass der böse Geist der Verbitterung nicht den Kampf gewinnen würde, der im Herzen des Bauern tobte.

Nachdem wir eine Weile schweigend weitergeritten waren, sagte er plötzlich: »Ich werde meinen Sohn heute Abend besuchen. Wollen Sie mich begleiten?«

Wir gingen gemeinsam hin. Der alte Mann fühlte sich ein wenig unbehaglich, als er ins Haus ging. Sein Sohn sah ganz erstaunt auf. Dann legte der Vater dem jungen Mann die Hand auf die Schulter und sagte – hörte ich da wirklich richtig? –: »Mein Junge, kannst du mir vergeben?«

Ich drehte mich um und ging schnell hinaus auf die andere Seite des Hauses, aber ich konnte die Antwort des Sohns noch hören: »Aber Vater, ich müsste dich um Vergebung bitten.«

Die Abschlussfeier war ein großer Erfolg.

Der Weg zurück

Gestern ist ein entwerteter Scheck.
Heute ist Bargeld.
Morgen ist ein Schuldschein für die,
die den Sieg Jesu anerkennen.

Vor vielen Jahren, als mein Vater bei der Rehabilitation von
Gefängnisinsassen mitarbeitete, fragte er mich, ob ich ihm
beim regelmäßigen Besuchsdienst in den Zellen helfen
wollte. Ich erwiderte: »Bitte, Vater, bitte mich nicht um so
etwas. Ich würde es nie wagen, ein Gefängnis zu betreten,
ganz zu schweigen von einer Zelle.« Aber nun, da ich selbst
im Gefängnis gesessen habe, ist diese Angst vollkommen
verschwunden, und ich versuche, so oft wie möglich das
Evangelium in Gefängnissen zu predigen.

Ich war eingeladen worden, Sing-Sing, das Staatsge-
fängnis des Staates New York zu besuchen, und ich sollte
nun diese moderne Strafvollzugsanstalt sehen.

Auf dem Parkplatz standen die Autos einer Fußball-
mannschaft, die gekommen war, um sich mit der Sing-
Sing-Elf zu messen. Viele Türen wurden geöffnet und hinter uns wieder geschlossen, und dann wurden wir in einem
echten Gefängnis-Lastwagen einen Berg hinaufgefahren,
auf dem die Gebäude standen. Während der Fahrt musste
ich unweigerlich an den Lastwagen denken, mit dem wir

ins Gefängnis von Scheveningen gebracht worden waren. Aber abgesehen davon gab es keinerlei Ähnlichkeiten, denn dies hier sah nicht gerade wie ein Gefängnis aus.

Auf einem offenen Gelände vor der Kapelle liefen viele Gefangene frei herum, und sie trugen hier auch keine Uniform. Der Blick über den Fluss war wunderbar.

In der Kapelle waren etwa einhundert Gefangene und nur ein Wärter. Es sah aus wie ein ganz normaler Gottesdienst in irgendeiner Kirche. Die Männer sangen voller Begeisterung und sie schlugen nacheinander Lieder vor. (Viele der Insassen nahmen an einem Fernstudium in Bibelkunde des Moody-Bibel-Instituts teil.) Es herrschte eine »Offenheit«, die es mir leicht machte zu reden. Mein Predigttext lautete: »Denn wir haben nicht mit Fleisch und Blut zu kämpfen, sondern mit Mächtigen und Gewaltigen, [...] mit den bösen Geistern unter dem Himmel« (Eph 6, 12).

Ich erzählte den Männern, wie ich in Ravensbrück, wo ich so oft den Tod um mich herum sah, plötzlich begriffen hatte, dass das Leben im Grunde ganz einfach ist, aber dass wir es sind, die alles so kompliziert machen. Der Teufel ist mächtiger, als wir es sind, aber Jesus ist noch viel mächtiger als der Teufel. Und wenn wir zu Jesus gehören, sind wir auf der Gewinnerseite. Er kam, um die Werke des Teufels zu zerstören. Wir kämpfen uns nicht nur hin zum Sieg, nein, wir kämpfen auf der Seite der Sieger.

Nach dem Gottesdienst kamen einige der Insassen zu mir, um mir die Hand zu schütteln. Mit einem von ihnen, einem Farbigen, hatte ich ein langes Gespräch, am Ende sagte er: »Lange Zeit habe ich nicht den Weg zurück gefunden. Nun weiß ich es – Jesus ist der Weg.«

Ein unerwartetes Fest

Auf Golgatha wurden zwei Verbrecher gekreuzigt:
welcher von ihnen bist du?

In den kleineren Städten und Dörfern Nordamerikas die-
nen die Häuser der Sheriffs oft auch als Gefängnis. An
einem Sonntagnachmittag läuteten wir an einem solchen
Haus und fragten, ob ich mit den Gefangenen sprechen
könnte.

»Gehen Sie geradeaus«, sagte der Sheriff. »Wir haben
zur Zeit nicht viele Kunden, aber wenn Sie meinen, dass es
die Sache wert ist, bringe ich Sie gerne zu ihnen.«

Es war ein heruntergekommenes kleines Gefängnis.
Auf einer Seite der Zellen standen Gittertüren offen. Ein
enger Durchgang vor den Zellen war ebenfalls vergittert,
und hinter diesen Stäben waren einige kleine Fenster.
Es waren nur drei Gefangene da, ein Mann und zwei
Jungen.

Genau hier hatte ich eines jener seltenen geistlichen
Feste, die so ganz unerwartet im Leben auf einen zukommen. Ich setzte mich in dem engen Durchgang vor den Zellen hin und begann zu reden. Meine Bibel lag geöffnet auf
meinen Knien. Der Mann saß auf einem Hocker an einem
kleinen Tisch. Einer der Jungen saß auf dem Boden mit
überkreuzten Beinen und den Rücken gegen die Stäbe ge-

lehnt. Der andere Junge stand an die Tür seiner schmutzigen Zelle gelehnt.

Nachdem ich ihnen von dem Sieg Christi über die Sünde erzählt hatte, begann der Mann zu sprechen. Er erzählte seine Geschichte von Trinkerei und Verbrechen, und dann wandte er sich an den Jungen neben ihm.

»Was sie gesagt hat, ist wahr. Erst seit ich hier bin, um meine Strafe abzusitzen, habe ich getan, was sie uns rät. Ich habe Ja zu Jesus gesagt. Es ist nicht so schwer, wie ich gedacht habe. Weißt du, was sie über dieses Radargerät gesagt hat, durch das du sehen kannst, wie ein Schiff direkt durch den Nebel kommt? Genauso ist es. Ich habe immer nur die Wolken und den Nebel gesehen, und habe nie verstanden, dass das Schiff da sein könnte. Aber jetzt sehe ich ihn plötzlich, durch alles hindurch. Jesus ist Realität. Er liebt dich so sehr, dass es für ihn immer noch die Sache wert wäre, für dich am Kreuz zu sterben, selbst wenn du der einzige Mensch auf der Welt wärst.«

»Ich habe nie einen Menschen gehabt, der sich etwas aus mir gemacht hätte«, meinte der Junge.

»Dann hast du deinen Mann nun gefunden. ›Denn also hat Gott die Welt geliebt, dass er seinen eingeborenen Sohn gab, damit alle – und das heißt, auch du – die an ihn glauben, nicht verloren werden, sondern das ewige Leben haben.‹«

An diesem Nachmittag übergaben beide Jungen Christus ihr Leben.

Hab keine Angst

Frage nicht: »Was kann ich tun?«, sondern frage:
»Was kann er nicht tun?«

Die Dinge entwickeln sich nicht immer so glatt wie im Haus des Sheriffs.

Eines Tages bekam ich die Erlaubnis, ein »Team« zu begleiten, das regelmäßig in einem großen Gefängnis arbeitete. Es war ein äußerst ungewöhnliches Gebäude. Wir stellten unsere tragbare Orgel in einem langen engen Flur auf, der an beiden Enden vergittert war. Nur drei Gesichter waren hinter den vergitterten Zellen auf beiden Seiten von uns zu sehen. Offensichtlich müsste ich den Kopf immer hin und herdrehen, während ich redete.

Eine der Frauen eröffnete den Gottesdienst mit einem Lied zur Orgelbegleitung. Sie sang sehr gekünstelt und die Reaktion war alles andere als positiv. An beiden Enden des Flurs begannen die Insassen zu kreischen, schreien und zu brüllen, um die Stimme der Sängerin zu ersticken. Aber sie sang ruhig weiter. Dazwischen konnte ich höhnisches, spöttisches Gelächter hören. Dann begann einer der jungen Männer, die bei uns waren, zu beten, und er sprach sehr pathetisch. Es wurde nur noch schlimmer. Die Insassen hatten einen Eimer gefunden, den sie auf dem Boden immer hin und her rollten. Das Getöse war entsetzlich. »Herr, muss ich hier reden? Ich kann das nicht«, betete ich voller Verzweiflung.

»Hab keine Angst; glaube nur du kannst alles tun durch ihn, der dir die Kraft dazu gibt. Du wirst siegen«, sagte der Herr zu mir.

Dann wagte ich es zu beginnen. Der Lärm wurde noch schlimmer. Bänke wurden auf den Boden geworfen. Es war ein Höllenlärm von allen Seiten. Doch ich hatte keine Angst mehr. Ich hatte das Versprechen erhalten zu siegen, und so versuchte ich, den Lärm zu übertönen. Ich brüllte: »Als ich vier Monate lang allein in einer Zelle war ...«

Plötzlich war Totenstille. Was? Diese Frau allein in einer Zelle, vier Monate lang? Gefängnisinsassen haben immer großes Mitleid mit mir, wenn ich ihnen von diesem Teil meines Lebens erzähle. Einzelhaft ist eine schwere Strafe überall auf der Welt. Die meisten Gefangenen haben das aus Erfahrung gelernt.

Über den Köpfen der drei Insassen hinter den Gitterstäben erschienen noch mehr Gesichter. Sie brachten Bänke und Stühle und stiegen darauf, um uns besser sehen zu können. Immer mehr Gesichter tauchten an beiden Enden des Flurs auf. Es war nun totenstill, und ich redete und redete, eine Dreiviertelstunde lang. Mein Herz war erfüllt von Freude. Die Liebe Gottes war da. Der Geist Gottes war am Werk. Als ich fertig war, forderte der Pfarrer, der bei uns war, die Männer auf, ihr Leben Christus zu übergeben, und sechs von ihnen sagten Ja. Der Pfarrer ging an das eine Ende des Flurs und ich an das andere, und jeder nahm drei dieser Männer, die die Hand gehoben hatten, um noch weiter mit ihnen zu sprechen. Nun konnte ich sehen, dass hinter dem Ende des Flurs ein großer Raum war, wo viele Insassen versammelt waren. Offensichtlich mussten alle

Männer den Gottesdienst hören, ob sie nun das Wort Gottes hören wollten oder nicht.

Es war ganz still, als ich mit den drei Männern sprach. Dann sah ich mich um und sprach sie alle an: »Noch niemals habe ich solch einen schrecklichen Lärm während eines Gottesdienstes gehört wie hier, als ich zu reden begann. Ich war so froh, dass Sie so bald ruhig wurden. Aber wissen Sie, wovor ich Angst habe? Dass Sie diese Männer, die die Hand gehoben haben, hänseln oder auslachen werden. Bitte tun Sie das nicht. Diese drei Männer haben sich für Jesus Christus entschieden, und sie stehen nun auf der Seite der Gewinner. Sie haben ein Büchlein bekommen mit dem Titel ›Das Evangelium nach Johannes‹. Lassen Sie sich daraus hin und wieder vorlesen. Ich hoffe, dass auch Sie eines Tages Ja zu Christus sagen werden. Ich weiß, dass Sie das glücklich machen wird.«

Das Wort Gottes ist lebendig und mächtig

*»Das Schwert des Geistes, welches ist das Wort Gottes«
ist viel mächtiger als alle unsere Argumente.*

Wir saßen auf der Veranda eines Studentenwohnheims und eine Mrs. Jameson kommentierte den Vortrag, den ich gerade vor ein paar Minuten beendet hatte.

»Was Sie den Studenten gerade erzählt haben, war sehr interessant, aber ich glaube nicht, dass Sie Recht haben. Bitte denken Sie nicht schlecht von mir, aber ich hatte eine viel tiefgreifendere Erfahrung als Sie. Ich bin Mitglied einer Gesellschaft, die mich durch die ganze Welt geführt hat, und ich habe mit herausragenden Leuten in Indien, Arabien, Japan und vielen anderen Ländern gesprochen. Ich habe über die Straße des Lebens durch Zeit und Ewigkeit hindurch mit Mohammedanern, Brahmanen, Shintoisten und vielen anderen diskutiert. Unter ihnen waren hervorragende Leute, die Gott ohne Jesus Christus kennen gelernt haben. Sie sagten den Studenten so bestimmt, dass wir ihn brauchen, aber das ist nicht wahr.«

»Sie streiten nicht mit mir, sondern mit der Bibel«, antwortete ich. »Ich sage das nicht, das steht in der Bibel. Jesus sagte: ›Niemand kommt zum Vater denn durch mich‹« (Joh 14, 6).

Ich schämte mich irgendwie. Ein Gefühl der Unzulänglichkeit überkommt mich oft, wenn ich mit Leuten spreche, die so viel besser informiert sind als ich. In solchen Zeiten scheint diese Arbeit für mich viel zu schwierig zu sein. Später sprach ich mit einem Freund darüber, der meinte: »Du solltest nicht versuchen, etwas anderes zu sein als ein offener Kanal für den Geist Gottes. Du kannst nichts anderes sein, selbst wenn du manchmal den Eindruck hast. Folge dem Weg des Gehorsams und Gott wird dich weit über deine eigenen Kräfte hinweg benutzen.«

In Ottawa, Kanada, fand ein Empfang statt für alle, die seine Königliche Hoheit Prinz Bernhard der Niederlande sehen wollten. Es war eine Freude, so viele Holländer zusammen zu sehen. Der Prinz sah müde aus, aber er war fröhlich und freundlich zu allen, die ihn ansprachen. Er war umringt von Fotografen, die von allen Seiten Fotos von ihm machten, im Gespräch mit irgendeinem Prominenten oder mit einem süßen Kind des Landes auf dem Arm.

Ich traf viele alte Bekannte. Und dann stand ich plötzlich Mrs. Jameson gegenüber.

»Ich freue mich, Sie zu sehen«, sagte sie. »Wissen Sie, Ihre Worte gehen mir einfach nicht aus dem Kopf; ich muss immer darüber nachdenken.«

»Wie schön!«, erwiderte ich. »Sie haben die Stimme Gottes gehört. Nun hören Sie weiter und lesen Sie in der Bibel. Er hat Ihnen noch viel mehr zu sagen.«

Das Wort Gottes ist lebendig und mächtig.

Das Meer ist tief

Ich weiß jenseits jedes Schattens eines Zweifels,
meine Schuld der Sünde ist
ausgewischt worden.

In einem wunderschönen Haus an einem Fluss sollte eine Abendgesellschaft stattfinden. Auch einige Studenten waren dazu eingeladen. Das Haus lag etwa zwei Autostunden außerhalb der Stadt, aber die Leute in Georgia schienen das nicht besonders weit zu finden. Mein Gastgeber und ich fuhren aus der Stadt hinaus auf Straßen, die auf beiden Seiten mit blühenden Oleanderbüschen gesäumt waren.

Wir kamen gerade rechtzeitig an, um einen herrlichen Sonnenuntergang zu sehen. Der Himmel über dem Wasser stand förmlich in Flammen aus Blau und Gold, als wir auf der schönen Terrasse unter den Palmen saßen und die warme Abendluft genossen.

Farbige Dienstboten gingen lautlos herum und servierten Erfrischungen. Es schien, als ob die Zeit hier langsamer verginge. Niemand war in Eile, und die Gespräche waren auch nicht oberflächlich.

Am Abend zuvor hatte ich über das Thema gesprochen: »Das Problem der Sünde wurde am Kreuz durch Jesus Christus gelöst.« Und ich freute mich zu sehen, dass Jack an diesem Abend auch hier war. Während meiner

Rede am vorigen Abend hatte ich auf seinem Gesicht einen offensichtlichen Ausdruck von Abscheu entdeckt, doch hatte ich leider keine Gelegenheit gehabt, mich mit ihm darüber zu unterhalten.

Dies ist ein Beispiel, warum ich glaube, dass es ein großer Nachteil ist, nicht mehr als einmal vor derselben Gruppe zu reden. Die Arbeit droht oberflächlich zu werden. Die freundlichen und sicher ernst gemeinten Worte: »Ihre Botschaft hat mir gefallen«, sind nicht das einzige Ergebnis, das ich erzielen möchte. Ich möchte, dass die Menschen verstehen, wer Jesus ist und wie er unser Leben erneuern will.

Und nun sagte Jack: »Ich glaube, dass durch Jesus Christus unsere Sünden erlassen werden, aber ob sie ausgelöscht werden? Nein, das sehe ich nicht so. Sie sagten gestern: ›Das Blut Jesu, seines Sohnes, macht uns rein von aller Sünde.‹ Sie zeigten uns Ihre Hand und erläuterten den Text mit den Worten: ›Heute Morgen war meine Hand schmutzig. Wo ist der Schmutz jetzt? Ich weiß es nicht, ich habe meine Hände gewaschen. Und genauso wäscht auch Jesus unsere Sünden weg. Er wirft sie in die Tiefen des Meeres. Sie sind weg, so weit wie der Osten vom Westen entfernt ist.‹ Das mag vielleicht Ihre Meinung sein, aber ich glaube das nicht. Wir müssen die Konsequenzen für unsere Sünden tragen, so lange wir leben. Ich glaube an die Vergebung der Sünden, das ja, aber nicht an die Erlösung.«

Nach dem Essen unterhielten wir uns im Garten weiter. Wir waren jetzt nur zu dritt; John, mit dem ich in den letzten zwei Wochen zusammengearbeitet hatte, und Jack, der uns von seinen Erfahrungen erzählte. Es kann solch eine Erleichterung sein, wenn man seine Seele einmal vollkommen entlasten kann.

Es war eine traurige Geschichte, die er uns erzählte.

»Wir waren keine sehr guten Jungen in der High School. Ich traf mich mit vielen verschiedenen Mädchen, und einmal ging es eben schief. Ich musste das Mädchen heiraten; und vier Monate später kam das Baby. Niemand weiß, dass ich verheiratet bin, und ich will auch nicht, dass es jemand erfährt. Ich möchte Pfarrer werden, aber wenn die Leute davon erfahren, dann wird es mit meiner Karriere zu Ende sein. Ich lebe mit einer Lüge, und ich weiß nicht, was ich machen soll. Ich muss die Konsequenzen meiner Sünde tragen, solange ich lebe. Und das ist es, was ich meine mit ›Vergebung ja; aber keine Erlösung‹.«

Während er sprach, betete ich um Weisheit. Wie sollte ich ihm das Geheimnis des neuen Lebens durch den Sieg Jesu Christi erklären?

Dann begann John zu sprechen.

»Trotzdem gibt es Erlösung. Jesus macht kein Flickwerk. Er macht neu. Wenn du ihn bittest, mit dir zusammen an diesen dunklen Punkt in deinem Leben zurückzugehen, dann wird er diese Dunkelheit in Licht verwandeln. Darum kam er zu uns. Er erlöste uns von aller Sünde. Jesus hebt dich heraus aus dem Teufelskreis von Ursache und Wirkung in das Reich seiner wunderbaren Liebe. Und eines, was aus dieser Liebe entspringt, ist Gnade.«

»Was ist Gnade?«

»Das ist, was Jesaja meinte, als er sagte: ›Es sollen Zypressen statt Dornen wachsen.‹ – Anstelle eines Fluchs wird Segen sein. ›Und Myrten statt Nesseln.‹ Anstelle eines Sünders wird ein Heiliger sein. In Christus sind wir alle, du und ich, die Gerechtigkeit Gottes. Verstehst du das?«

Und John erklärte weiter: »Natürlich nicht. Wir werden diese Dinge erst verstehen, wenn wir in den Himmel kommen und ein neues Verständnis und andere Mittel der Wahrnehmung haben. Aber selbst heute können wir diese Dinge durch unseren Glauben verstehen. Wenn du jetzt im Glauben annimmst, dass Jesus der Sieger über die Vergangenheit, die Gegenwart und die Zukunft eines jeden Menschen ist, der ihm sein Leben vollständig übergibt, dann wird Jesus diesen dunklen Punkt in deinem Leben in einen Segen verwandeln. Dann wirst du immer in dieser Frau und dem Kind ein lebendes Zeichen der Vergebung und Erlösung Jesu Christi sehen.«

»Aber was muss ich dafür tun?«, fragte Jack. »Ich wurde bekehrt, wie die Leute sagen, und ich habe Jesus als meinen persönlichen Erlöser angenommen.«

»Du musst immer noch dein Leben vollständig an ihn übergeben. Gib ihm alle Schlüssel zu deinem Leben. Wenn du dein Leben um seinetwillen verlierst, wirst du es retten. In seiner großen Liebe verlangt er von dir, dass du dich vollkommen aufgibst.«

Jack sah sich um. Wir waren allein im Garten. Vom Haus kam Stimmengewirr herüber.

»Ich will es ja, aber ich weiß nicht, wie ich es ausdrücken soll«, sagte er.

»Dann bitte doch einfach den Heiligen Geist, dir die rechten Worte zu schenken.«

Dann beteten wir drei gemeinsam, und Jack sagte: »Ich verstehe diese Dinge nicht, aber hier bin ich, Herr, ich weiß, dass du gesagt hast: ›Wer zu mir kommt, den werde ich nicht hinausstoßen‹ und ›Ein geängstetes, zerschlagenes Herz wirst du, Gott, nicht verachten‹.«

Und gerade in diesem Augenblick wurde ich ins Haus gerufen, weil man von mir erwartete, dass ich noch einmal zu den Gästen reden sollte. Als ich eine Stunde später wieder hinausging, sagte Jack zu mir: »Corrie, ich kann wieder lachen; seit einem Jahr habe ich das nicht mehr gekonnt. Aber nun bin ich frei.«

Ich wusste, dass es stimmte.

Ich weiß nicht, was bei seiner Erlösung herauskommt, aber er wird nicht länger mit einer Lüge leben müssen. Sein Leben ist in guten Händen.

»Wenn euch nun der Sohn frei macht, so seid ihr wirklich frei.« (Joh 8, 36). Und Jack wird dazu benutzt werden, vielen zu helfen, die wegen der Konsequenzen ihrer Sünden verzweifelt sind.

Unsere Sünden in den Tiefen des Meeres!

Wie unermesslich groß ist der Erlass und die Erlösung von den Sünden durch Jesus Christus!

Viele Christen machen sich gar nicht genügend bewusst, welchen Dienst uns Jesus Christus in genau diesem Moment tut. Viele von uns glauben, dass er für unsere Sünden gestorben ist. Wir glauben an seinen Tod und seine Auferstehung, aber wir vergessen, dass er nach seiner Auferstehung in den Himmel auffuhr und sich zur Rechten des Vaters setzte, von wo aus er nun genauso für uns lebt, wie er für uns starb.

Der Teufel klagt uns Tag und Nacht an. Aber Jesus ist unser Anwalt. In ihm sind wir die Gerechtigkeit Gottes (2. Kor 5, 21).

Wenn wir uns immer noch Sorgen machen um eine Sünde, die uns bereits vergeben worden ist, und wenn es nur für fünf Minuten ist, berauben wir ihn und uns einer großen Freude.

»Widersteht dem Teufel, so flieht er von euch« (Jak 4, 7). Man könnte keine bessere Waffe gegen ihn finden als diesen Text.

Sich seiner Sünden bewusst zu sein kann in Pessimismus ausarten: »Es ist schade, aber ich bin halt so.« Der Teufel jubelt, wenn wir geschlagen sind, aber er fürchtet sich vor dem Wissen um den Sieg.

Der Teufel sorgt dafür, dass wir uns unserer Sünden bewusst sind. Der Geist Gottes sorgt dafür, dass wir uns zuerst unserer Sünden bewusst sind, und dann begreifen, dass wir auf der Seite der Sieger stehen.

Nie wieder nach Deutschland

*Wenn Jesus uns sagt, dass wir unsere Feinde lieben sollen,
gibt er selbst uns die dafür notwendige Liebe.
Wir sind weder Fabriken noch Speicher seiner Liebe,
sondern nur Kanäle. Wenn wir das verstehen,
brauchen wir uns nicht mehr für unseren Stolz
zu entschuldigen.*

Als ich nach meiner Befreiung aus dem deutschen Konzentrationslager in Ravensbrück wieder zurück nach Holland kam, sagte ich: »Ich hoffe nur eines, dass ich nie wieder nach Deutschland zurückkehren muss. Ich bin bereit, überallhin zu gehen, wo Gott mich hinschickt; aber ich hoffe, er wird mich niemals nach Deutschland schicken.«

Wenn wir die Führung Gottes in unserem Leben erfahren möchten, müssen wir eine Bedingung akzeptieren: Wir müssen ihm gehorchen.

Bei meinen Reisen in die Vereinigten Staaten sprach ich oft über die Bedingungen in Europa während der Nachkriegsjahre, und als ich über das Chaos in Deutschland sprach, fragten mich die Leute manchmal: »Warum gehen Sie nicht nach Deutschland, wo Sie doch die Sprache sprechen?«

Aber ich wollte nicht gehen.

Dann fiel Dunkelheit über meine Gemeinschaft mit Gott; als ich ihn um seine Führung bat, kam keine Antwort.

Nun will uns Gott niemals hinsichtlich seiner Führung im Unklaren lassen, und daher wusste ich, dass etwas zwischen Gott und mich getreten war, und so betete ich: »Herr, war ich dir in meinem Leben ungehorsam?«

Die Antwort war ganz eindeutig: »Deutschland.«

Vor mir konnte ich wieder das Land sehen, das ich im Jahre 1944 verlassen hatte. In meiner Erinnerung konnte ich die harten Stimmen hören: »Schneller, aber schneller«; und es dauerte eine ganze Weile, bis ich Gott darauf antworten konnte.

»Ja, Herr, ich werde auch nach Deutschland gehen. Ich werde dir folgen, wo du mich auch hinführst.«

Als ich aus den Vereinigten Staaten nach Holland zurückkehrte, erfuhr ich, dass es Holländern noch nicht möglich war, ein Besuchervisum für Deutschland zu bekommen. Und darüber freute ich mich.

Ich erhielt eine Einladung zu einer Internationalen Tagung in der Schweiz; und Gott sagte mir, dass ich dort ein paar Deutsche kennen lernen würde, die mir helfen würden, ein Visum zu bekommen. Als ich in der Schweiz eintraf, traf ich viele Vertreter aus vielen Ländern, aber keinen einzigen Deutschen. Und darüber freute ich mich ebenfalls.

Aber am letzten Tag der Tagung kamen noch zwei Teilnehmer an. Und als ich sie sah, wusste ich sofort, dass sie Deutsche waren. Ich fragte sie, ob sie mir mit meinen Papieren behilflich sein könnten, und es stellte sich heraus, dass einer der Nachzügler ein Leiter des Evangelischen Hilfswerks war, einer kirchlichen Organisation zur Unterstützung von Flüchtlingen.

»Wenn ich Ihnen ein Schreiben schicke, mit dem ich Sie nach Deutschland einlade, werden Sie ihr Visum bekommen«, sagte er.

Also ging ich zurück nach Deutschland.

Ob es schwer war? Manchmal ja, manchmal nein.

Es gibt ein heiliges Deutschland und ein vergiftetes Deutschland. Es gibt ein Deutschland, das alles verloren hat, wo die Herzen der Menschen ein Vakuum sind. Und wer soll sie füllen? Es ist wunderbar, dort von ihm sprechen zu können, der die Herzen neu macht und sie mit seiner Freude erfüllt.

Vor Jahren erzählte ich einer Klasse von geistig behinderten Jungen die Geschichte, wie Jesus die Fünftausend speiste mit fünf Broten und zwei Fischen. Carl hatte sich so sehr in die Geschichte vertieft, dass er aufsprang und rief: »Es ist genug da, es ist genug da, nehmt so viel wie ihr wollt, es ist genug da!«

Mein lieber kleiner Carl, ich wünschte, mehr Menschen könnten sich so sehr begeistern wie du.

Hier haben wir die großen Schätze der Bibel, und die Leute vergeuden ihre Zeit damit, Haarspalterei über ihre Auslegung zu betreiben.

Ist dies denn eine Zeit für Kontroversen?

Stellen Sie sich nur einmal vor, Ihr Haus würde in Flammen stehen und die Feuerwehrmänner würden über ihre Uniformen streiten.

Ich habe gehört, dass General MacArthur um tausend Missionare bat, die das Evangelium in Japan predigen sollten. In diesem Land hungern die Menschen nach dem Evangelium. Die Ernte ist reichlich; der Arbeiter sind wenige.

Nicht nur dort. Auch in Deutschland.

Meine Schokoladenpredigt

Würde Jesus in Bethlehem tausendmal geboren,
aber nicht in meinem Herzen,
wäre ich trotzdem verloren.

Wieder war ich in einem deutschen Frauen-Konzentrationslager. Holzbaracken inmitten eines schönen Waldes.

Die Leiterin war eine freundliche Deutsche, die versuchte, ihre Schützlinge auf »demokratische Art und Weise« unter Kontrolle zu halten: kein Strammstehen, keine gebrüllten Kommandos, keine endlosen Appelle wie in Ravensbrück. Aber es war eben doch ein Konzentrationslager mit einem Stacheldrahtzaun.

Im Lager traf ich ehemalige Aufseherinnen aus Ravensbrück, wo ich gefangen war. Nun waren sie die Gefangenen und ich war frei, frei, jederzeit durch das Tor in die Freiheit da draußen zu gehen. Sie mussten bleiben. Ich war hierher gekommen, um diesen Menschen den Weg zu wahrer Freiheit zu zeigen. Ich war gekommen, um von der Liebe Gottes zu sprechen, die alles Verstehen übertrifft, um über Jesus Christus zu sprechen, der in diese Welt kam, um die Menschen in jeder Situation glücklich zu machen.

Aber – es war nicht einfach, diese Menschen zu erreichen.

In einer der Fabrikbaracken saßen sie vor mir. Jede hatte einen Stuhl aus ihrer eigenen Schlafbaracke mitgebracht. Ihre Gesichter wirkten bedrückt, und es schien, als ob ich an eine Wand redete. Ich betete immerzu, dass die Liebe Gottes mich erfüllen und aus mir herausleuchten sollte. Aber alles, was ich sehen konnte, war Ablehnung und Verbitterung.

Alle Frauen hatten eine Bibel bei sich, und sie kannten sich offensichtlich damit aus, denn sie fanden die Texte, die ich zitierte, ohne Schwierigkeiten.

Nachdem ich zweimal in diesem Lager geredet hatte, fragte ich die Leiterin: »Können Sie mir sagen, warum ich keinerlei Reaktionen bekomme?«

Sie lachte und erwiderte: »Die Frauen haben zu mir gesagt: ›Diese Holländerin spricht so einfach. Wir Deutsche sind viel höher gebildet und deshalb auch viel tiefer in unserer Theologie.‹ Ich fürchte, Sie kommen miteinander nicht besonders gut klar. Aber warum versuchen Sie es nicht noch einmal. Sie haben die Erlaubnis, dreimal zu reden.«

Als ich nach Hause kam, fiel ich auf die Knie. »Herr, bitte schicke mir eine Botschaft«, betete ich. »Ich bin nicht gebildet genug, und theologisch nicht tief genug für diese nationalsozialistischen Frauen.« Und dann kam die Antwort: »Schokolade.«

Das ergab für mich keinen Sinn. Würden Sie das eine Botschaft nennen? Aber plötzlich ging mir ein Licht auf. Ich besaß Schokolade, etwas, was es in ganz Deutschland nicht zu kaufen gab, und schon gar nicht in einem Konzentrationslager.

Am nächsten Tag ging ich mit neuem Mut in das Lager. Da saßen sie wieder vor mir, Widerstand und Abscheu stand auf jedem düsteren Gesicht.

Ich sagte: »Dies ist mein letzter Besuch bei Ihnen, und deshalb habe ich Ihnen eine Kleinigkeit mitgebracht – Schokolade.«

Und ganz plötzlich hellten sich die Gesichter auf! Welch ein Luxus war ein Stück Schokolade für diese armen Gefangenen! Und von diesem Moment an waren wir Freunde. Einige von ihnen baten mich sogar, meinen Namen und meine Adresse in ihre Bibel zu schreiben.

Als ich zu sprechen begann, sagte ich: »Keiner hat irgendetwas über die Schokolade gesagt.«

»Aber sicher, wir haben uns bei Ihnen bedankt.«

»Ja, sicher, aber niemand hat mir Fragen über diese Schokolade gestellt. Niemand wollte wissen, ob sie in Holland hergestellt worden ist, oder welche Mengen an Kakao, Zucker, Milch oder Vitamine sie enthält. Sie haben ganz genau das damit getan, was ich beabsichtigt habe: Sie haben sie gegessen und genossen.«

Dann hielt ich meine Bibel hoch und sagte: »Genauso ist es mit diesem Buch. Wenn ich hochwissenschaftlich theologisch oder gelehrt über die Bibel lese, macht mich das nicht glücklich. Aber wenn ich in ihr lese, dass Gott die Welt geliebt hat, dass er seinen eingeborenen Sohn gab, damit alle (und das heißt auch Corrie ten Boom), die an ihn glauben, nicht verloren werden, sondern das ewige Leben haben, dann bin ich wirklich glücklich. Wenn ich in diesem Buch lese, in meines Vaters Haus sind viele Wohnungen, dann weiß ich, dass er auch für mich einen Ort vorbereitet.«

Der Geist Gottes war am Werk. Barrieren fielen und Verstehen und Sehnsucht wurden vor mir in ihren Augen geboren – ein Hunger, mehr von dieser Liebe zu hören, die alles Verstehen übertrifft.

Viele Monate später war ich in einem großen Krankenhaus. Eine ausgezehrte Patientin schien mich wiederzuerkennen.

»Kennen Sie mich nicht mehr?«, fragte sie. Zu meinem Bedauern musste ich zugeben, dass ich sie nicht einordnen konnte. »Letztes Jahr war ich im KZ in Darmstadt«, sagte sie. »Als Sie das Lager besuchten, predigten Sie über Schokolade. Das war der Augenblick meiner Bekehrung. Seit damals habe ich nicht mehr *über* die Bibel gelesen, sondern *in* ihr. Nun muss ich sterben, aber ich habe keine Angst davor. Ich habe auch in seinem Buch gelesen, dass in meines Vaters Haus viele Wohnungen sind. Und eines weiß ich: Jesus bereitet auch eine für mich vor.«

Das Evangelium in Wort
und Tat predigen

Oft lacht der Teufel, wenn wir arbeiten,
aber er zittert, wenn wir beten.

Ich wurde eingeladen, eine Woche in Darmstadt zu arbeiten. Ich nahm diese Einladung gern an, bat aber, ob es möglich wäre, die Hilfe eines Gebetskreises in Anspruch nehmen zu dürfen. Bei meiner Ankunft traf ich auf eine Gruppe von sechsundzwanzig Personen, die aus den verschiedenen Darmstädter Kirchengemeinden zusammengekommen waren. Ich wusste nicht, ob dies ihr erstes Treffen als Gebetskreis war, aber sie waren zuverlässige Helfer. Jeden Tag traf ich mich mit einigen von ihnen, um mit ihnen über die Arbeit des vergangenen Tages und für die Arbeit des nächsten Tages zu beten. Immer wenn aus einem solchen aktuellen Anlass gebetet wird, geschieht etwas, und es war wirklich eine gesegnete Woche.

Nach meiner Abreise traf sich die Gruppe weiterhin jede Woche zur Gebetsgemeinschaft. Ich war von der ausgezeichneten Gebetsdisziplin hier beeindruckt. Am Anfang und am Ende jeder Zusammenkunft wurde das Wort Gottes gelesen. Jeder der Anwesenden betete kurz und prägnant. Manchmal hörten sie schweigend zu, was Gott ihnen zu sagen hatte, denn das Wichtigste war, dass Gott durch seinen Geist sprach.

Wo Menschen beten, wirkt Gott.

Als ich ein Jahr später nach Darmstadt zurückkam, war der Gebetskreis noch größer geworden. Es waren mindestens 40 Leute in der Gruppe.

Meine erste Frage galt der Erlaubnis, wieder in demselben Konzentrationslager arbeiten zu dürfen, wo ich im Jahr zuvor das Evangelium gepredigt hatte. Aber ich hörte, dass das Lager leer war. Die meisten Frauen waren entlassen worden, und die schwersten Fälle hatte man ins Gefängnis überstellt.

Das Flüchtlingsproblem in Deutschland, so ernst es auch heute ist, war während der ersten Jahre nach Kriegsende unermesslich. Es hieß, neun Millionen Menschen wären ohne geeignete Unterkunft. Da waren die Umsiedler aus der russischen Besatzungszone und aus anderen Ländern hinter dem ›Eisernen Vorhang‹, wie z. B. aus der Tschechoslowakei, Polen und Ungarn, und dann noch die unendlich vielen, die aus ihren Häusern herausgebombt worden waren.

Für einen kleinen Betrag mieteten wir das unbenutzte Lager und mit vereinten Kräften machten wir die Baracken so gut wie möglich bewohnbar. Und schon bald strömten die Flüchtlinge hinein.

Einige der gläubigen Mitglieder des Gebetskreises übernahmen einen aktiven Teil der Arbeit; ich selbst reiste weiter, versprach aber, so bald wie möglich wieder zurückzukommen.

Nun war ich wieder da. Das Tor war unbewacht. Die Stacheldrahtzäune waren hinter Büschen versteckt oder vereinzelt auch entfernt.

Ich ging durch die Baracken. Die Arbeit war immer noch im Anfangsstadium, und es gab noch keine getrennten Räume. Mehrere Familien lebten zusammen. Eine der Baracken war verschlossen, und wir stellten fest, dass die Männer, die darin wohnten, den Schlüssel am Morgen mitgenommen hatten. Das erweckte einen leichten Argwohn in uns; aber wenn auch, wir waren jedenfalls nicht vorbereitet auf die schreckliche Unordnung, die wir vorfanden, als wir die Tür mit einem anderen Schlüssel öffneten. Die Betten waren nicht gemacht, der Fußboden war übersät mit Brennmaterial; der Müll war in einer Ecke hoch aufgestapelt.

Konnte es sein, dass hier Menschen lebten?

»Wir werden diesen Männern heute Abend auf jeden Fall sagen, was wir von ihnen halten«, sagte der Leiter. Aber ich rief schnell aus: »Nein, nur nicht! Bitte schimpfen Sie nicht mit ihnen. Diese Menschen sind von einem Land ins andere gezogen, und von einem Lager ins andere, und sie haben vergessen, wie man in einem Haus lebt und sich liebevoll darum kümmert. Wir müssen ihnen helfen. Wir wollen ihnen sagen, dass wir am nächsten Mittwoch ein Fest feiern wollen und dass wir erwarten, dass alles sauber und aufgeräumt ist.«

Der Gebetskreis war von dieser Idee ganz begeistert. Jeder musste bei den Vorbereitungen für das Fest seinen Anteil beitragen; und als der Mittwoch kam, hatten sich die Hauptbaracken völlig verändert. Die Tische waren mit weißen Tischdecken gedeckt, und auf jedem stand ein Blumenstrauß, überall waren Blumen, denn es war Frühling.

Drei Frauen und fünf Kinder waren an jenem Tag im Lager angekommen und gehörten nun zu unserer kleinen Gemeinschaft. Wir hatten Erfrischungen, Kaffee und Kuchen, Weißbrot und Obst. Wir sangen Lieder, die recht schön klangen. Alle Mitglieder des Gebetskreises waren da; und sie halfen den Männern, die sich zuerst unbehaglich gefühlt hatten, dass sie sich heimisch fühlten. Es war eine angenehme und fröhliche Atmosphäre und alle hörten aufmerksam zu, als ich zu ihnen redete. Ich kann mich wirklich nicht erinnern, jemals ein fröhlicheres Fest gefeiert zu haben.

Im Verlauf des Abends stand ein magerer, schäbig gekleideter Mann auf und stieß mit seinem Löffel gegen seine Teetasse.

»Freunde«, sagte er, »Ich bin nun neun Jahre umhergezogen. Heute Abend fühle ich mich zum ersten Mal seit vielen Jahren wie ein wirklicher Mensch.«

Das Evangelische Hilfswerk und die städtische Verwaltung unterstützte unser Projekt in vorbildlicher Weise. In ihrer Freizeit durften sich die Männer in einem nahe gelegenen Wald selbst Häuser bauen. Nach einiger Zeit waren zwei Dörfer entstanden, eines für fünfhundert, das andere für dreihundert Familien. Sobald eine Familie das Lager verließ, nahmen andere Flüchtlinge ihren Platz ein.

Die Arbeit wuchs. Für die Kinder wurde eine Sonntagsschule eingerichtet, und für die Frauen ein Bibelgesprächskreis; und jeden Sonntag wurden Gottesdienste abgehalten. Aber die Männer wollten jede freie Minute beim Bau ihrer Häuser zubringen und hatten kein großes Interesse an den Gottesdiensten. Deshalb wurde ein origineller Plan ausgearbeitet.

Die Pfarrer aus vier Nachbargemeinden arbeiteten zusammen bei der Durchführung der Gottesdienste. Jeder Pfarrer und seine Gemeindeglieder waren also alle vier Wochen an der Reihe. Um nun die Männer zu überreden, in die Kirche zu kommen, beschlossen die Pfarrer und ihre

Gemeindeglieder, dass sie in der Woche, in der sie mit dem Gottesdienst an der Reihe waren, einen Nachmittag beim Bau der Häuser mithelfen würden.

Das Evangelium in Wort und Tat.

Einst ein Soldat Hitlers

»Ich bin in die Welt gekommen als ein Licht, damit, wer
an mich glaubt, nicht in der Finsternis bleibe.«
Johannes 12,46

Deutschland kann sehr deprimierend sein, nicht nur wegen
der Häuserruinen, sondern viel mehr noch wegen seiner
vielen ruinierten Leben.

Ein junger Mann und ich liefen durch ein schönes Tal
zwischen grünen Hügeln. Das Wetter war herrlich; es war
ein viel versprechender Frühlingstag. Die Vögel zwitscher-
ten, der Himmel war blau, und helles Grün spross aus Bäu-
men und Büschen. Seit ich einmal den Frühling in einer Ge-
fängniszelle verbracht habe, bin ich jedes Jahr doppelt
dankbar für die Freiheit an einem schönen Frühlingstag.

Der junge Mann neben mir sah gar nicht glücklich aus.
Ich wollte ihn so gern an meiner Freude teilhaben lassen,
ihm die Augen für die Schönheiten der Natur um ihn
herum öffnen, und daher betete ich: »Herr, zeig mir einen
Weg; hilf mir, ihn zu verstehen. Lass deine Liebe durch
mich hindurchleuchten.«

Da begann er zu sprechen. Er erzählte mir von seiner
Jugend. Im Alter von vierzehn Jahren wurde er in eine von
Hitlers nationalsozialistischen Erziehungsanstalten aufge-
nommen. Es war eine gute Schule, und die Jungen hatten

alles, was sie sich nur wünschen konnten. »Als ich vierzehn war«, sagte er, »hatte ich mein eigenes Kanu, mit sechzehn mein eigenes Pferd, und mit achtzehn mein eigenes Auto. Ich war neunzehn, als ich Sturmmann wurde, und wurde Leiter eines Lagers, wo Sturmmänner für kleinere Vergehen bestraft wurden. Die strenge Disziplin der Schule kam mir sehr zugute. So wurde eine starke und harte Generation herangezogen. Ich wurde systematisch zu Härte und Brutalität erzogen. Es gibt nur ein Ideal, und das ist Macht. Alles, wovon Sie in Ihren Gesprächen redeten, war schwach. Sie sprachen von Vergebung. Vergebung ist Schwäche.«

»Können Sie sich vorstellen, Karl Heinz, dass Vergebung mehr Kraft erfordert als Hass?«

»Nein, nein: Hass ist stark, Vergebung ist schwach. Als ich siebzehn Jahre alt war, sah ich einmal ein Schiff mit Tausenden von Gefangenen an Bord. Es sank vor meinen Augen, und es bewegte mich nicht ein bisschen. Ich bin gut trainiert.«

Die Lieblichkeit des Frühlingstages war plötzlich verschwunden. Ich sah keine Blüten, keine grünen Knospen, nur einen Vogel, der einen Wurm aus dem Boden zog. Der Wurm wand sich in seinem Schnabel. Er war nicht der einzige Wurm, der totgebissen wurde.

Der junge Mann neben mir war nicht der einzige Deutsche, der vergiftet worden war.

Arme Welt!

Mit einem Mal war ich todmüde. »Wir wollen uns hier ein paar Minuten hinsetzen, Karl Heinz.«

Ein herrliches Panorama erstreckte sich vor unseren Augen. Wir saßen auf einem Berg und konnten weit in die Ferne sehen. Der Tag wird kommen, an dem die Gerechtigkeit Gottes die Erde bedecken wird, so wie das Wasser das Meer bedeckt.

In meiner Vorstellung konnte ich wieder das Konzentrationslager sehen. Tausende von Gefangenen strömten auf mich zu, und ich hatte Mühe, gegen den Strom zu laufen. Bep war neben mir. Was für hässliche, verbitterte und verkommene Gesichter sahen wir da! Ich sehnte mich danach, der Disharmonie zu entkommen. Dann sagte Bep: »Ich fange an, die Menge zu mögen.«

Ich betete: »Herr Jesus, komm schnell und erfülle deine Verheißung, alles neu zu machen. Gewähre, dass ich und alle deine Nachfolger aus dieser Not erlöst werden, denn die Zeiten sind so schlimm. Rette diesen jungen Mann neben mir. Erfülle mich mit deiner Liebe, so dass sie durch mich hindurchfließt und ihn anrührt.«

Als ich zum Tagungsort zurückkam, sagte Werner zu mir: »Ich sah dich mit Karl Heinz weggehen, und wir haben zusammen für dich gebetet. Konntest du ihm helfen?«

»Ich weiß es nicht, Werner; ich betete ununterbrochen: ›Herr, mach aus mir einen offenen Kanal für deine Liebe.‹ Aber warum willst du nicht noch einmal mit ihm sprechen?«

»Das tue ich sehr gerne. Ich verstehe Karl Heinz vielleicht besser als du. Ich war früher selbst auch ein Soldat Hitlers. Heute bin ich ein Soldat Jesu Christi!«

Der Hersteller unseres Glaubens

Wir brauchen keinen großen Glauben,
sondern den Glauben an einen großen Gott.

Ich war wieder zurück in Deutschland. Es war Frühling und überall wurde gebaut. Ruinen wurden abgetragen. Grundbesitzer, die den Schutt nicht von ihrem Land wegräumten, wurden enteignet. Alles wurde so billig wie möglich gemacht, es gab keine Stadtplanung mit harmonisch gestalteten Wohngebieten, keine hübschen Häuser mit Erkerfenstern – nichts war schön, weder drinnen noch draußen. Die Leute bauten einfach, wo sie gerade waren, inmitten der Ruinen, und sie verwendeten dazu alte, teilweise angesengte oder angebrochene Ziegel. Hier und da wurden die Ruinen einfach wieder zusammengeflickt, und keiner machte sich die Mühe, sie einzureißen und wieder neu aufzubauen. Räume mit eingestürzten Außenwänden dienten als Veranden oder sogar als Lagerplatz.

In den Gegenden, wo der Wiederaufbau noch nicht begonnen hatte, wuchs mitten in den Ruinen Gestrüpp, wo früher Zimmer gewesen waren, Zimmer, in denen Menschen gelebt hatten.

Frische grüne Blätter wuchsen an den Ästen, und ihre Farben waren so hübsch anzusehen in der Frühlingssonne.

Die Farben von Ruinen können auch sehr schön sein, aber ihre Formen sind schrecklich. Darum war es so beängstigend, nachts auf der Straße spazieren zu gehen.

Ich hatte gerade zu einer Gruppe junger Leute von den Schätzen gesprochen, die wir in Jesus Christus haben. Die Deutschen sind sehr zurückhaltend; und als ich sie einlud, nach dem Treffen zum anschließenden Gespräch zu bleiben, mussten die Sieben ihren ganzen Mut zusammennehmen, ihren instinktiven Widerwillen zu überwinden. Als sie sich jedoch entschlossen hatten dazubleiben, war das Eis gebrochen.

Einer von ihnen sagte: »Ich bin Atheist. Sie leben mit Jesus; ich lebe ohne ihn, und ich lebe mindestens genauso gut wie Sie.« Als er mir von seinen Erfolgen erzählte, die er aus eigener Kraft erreicht hatte, sagte ich sehr wenig. Diskussionen waren nicht meine starke Seite. Ich betete schweigend für ihn, während ich zuhörte, und sagte dann zu ihm: »Wenn in Ihrem Leben einmal die Zeit kommt, dass Sie aus eigener Kraft nicht mehr weiterkommen, dann erinnern Sie sich und denken Sie an das, was Sie an diesem Abend gehört haben.«

Danach begann ein anderer Junge zu sprechen und sagte: »Die Bibel ist für mich eine Bestandsliste all dessen, was ich in ihm besitze. Ich folgte Hitler mit ganzem Herzen und ganzer Seele. Aber Gott griff in mein Leben ein und nahm alles von mir. Ich war im Gefängnis, und einer meiner Zellengenossen las während der Zeit im Gefangenenlager mit mir jeden Tag in der Bibel. Damals lernte ich Jesus kennen.«

Nun wurden die Zungen gelöst und andere begannen von ihren Schwierigkeiten zu erzählen. Einer sagte: »Ich bin so treulos; ich will glauben, aber mein Glaube ist so

45

wechselhaft. Jetzt, wo Sie uns all diese Dinge gesagt haben, bin ich mir wieder sicher; aber was ist morgen? Ich weiß nicht, ob ich mir dann auch noch so sicher bin.«

Ich erzählte ihm, dass ich gelernte Uhrmacherin sei, und dass wir manchmal neue Uhren bekamen, die nicht genau gingen. Diese habe ich nicht selbst repariert, sondern habe sie an den Hersteller zurückgeschickt. Als sie repariert zurückkamen, gingen sie genau. Und genau das tue ich auch mit meinem Glauben. Jesus ist der »Anfänger und Vollender unseres Glaubens«. Wenn mit meinem Glauben etwas nicht in Ordnung ist, schicke ich ihn zurück zum himmlichen Hersteller. Wenn er ihn repariert hat, funktioniert er perfekt.

Es ist ein Glück, dass in Hebräer 12, 2 nicht steht: »Wir wollen uns selbst um unseren Glauben kümmern.«

Wenn ich das tun würde, würde ich vielleicht sagen: »Mein Glaube ist groß.« Das wäre Stolz, und der Teufel würde den Sieg davontragen. Geistlicher Stolz zerstört alles.

Oder wenn ich sagen würde: »Ach, mein Glaube ist nichts wert; er nützt mir ja gar nichts.« Das ist Pessimismus; und auch er überlässt dem Teufel den Sieg.

Hudson Taylor sagte einst: »Wir brauchen keinen großen Glauben, sondern den Glauben an einen großen Gott.«

Wir wollen deshalb immer mehr auf Jesus sehen, und nicht auf unseren eigenen Glauben. Wir wollen nicht auf die Stürme um uns herum sehen, sondern unsere Augen auf ihn gerichtet halten. Dann werden wir in der Lage sein, auf den Sturmwellen des Meers des Lebens zu gehen. Der Glaube ist solch ein festes Fundament, dass der sicherste Platz für einen Christen ist, auf dem Wasser zu gehen, wie Petrus es tat, als er auf Jesus zuging.

Wie selbstverständlich wurde aus unserem Gespräch ein Gebet, und sogar der »Atheist« faltete die Hände und schloss die Augen.

Fürbitte

*Jesus Christus ist in der Lage, alle Knoten in deiner Seele
zu lösen, all deine Komplexe zu vertreiben,
und sogar deine festgefahrenen Verhaltensmuster zu
verwandeln, egal wie tief sie in deinem Unterbewusstsein
eingemeißelt sind.*

Meine Arbeitsweise hat sich erst allmählich aus meinen Erfahrungen entwickelt. Heute bevorzuge ich, zu denselben Leuten achtmal zu reden, die Vormittage reserviere ich für persönliche Gespräche und nach jeder Abendveranstaltung bleibt noch genügend Zeit für eine Gesprächsrunde.

In Deutschland ist es nicht so einfach, die Leute zum Sprechen zu bewegen. Sie haben gelernt, den Mund zu halten. Während des Hitler-Regimes war es sehr gefährlich, wenn man seine Meinung frei äußerte. Und heute besteht die Furcht, wenn man seine Gesinnung bekennt, könnte es einen in der Zukunft in Schwierigkeiten bringen.

Wenn ich ankündigte: »Dieser Abend geht nun zu Ende; aber alle, die noch eine Weile bleiben möchten, um sich über das Gehörte zu unterhalten, sind herzlich eingeladen«, war das eher ein Signal, den Veranstaltungsraum innerhalb kürzester Zeit zu verlassen.

Das war offensichtlich nicht der richtige Weg, und ich betete um Weisheit. Am nächsten Abend verpackte ich meine Einladung anders. Ich sagte: »Der Abend geht nun zu Ende, und wir möchten nun noch eine Gesprächsrunde abhalten. Alle, die gehen möchten oder müssen, sollen dies nun bitte tun.«

Nun brauchten die Leute Mut, um aufzustehen und zu gehen, also blieben sie sitzen. Als es Mut erfordert hatte zu bleiben, waren sie alle gegangen.

Wir hatten eine sehr lebhafte Diskussion. Die Fragen kamen von allen Seiten. Und ich betete: »Herr, lass mich nur ein Kanal für deinen Geist sein; ich bin dem nicht gewachsen.«

Und da erlebte ich ein Wunder. Noch bevor eine Frage zu Ende formuliert war, wusste ich schon die Antwort.

Mir war natürlich bewusst, dass solche Gruppengespräche keine echten persönlichen Kontakte herstellen konnten, und deshalb waren die Morgenstunden für die persönlichen Gespräche so wichtig. Nur wenn wir allein mit Menschen sind, kommen wir ihnen nahe. Und es war in diesen Stunden, viel mehr als sonst, dass ich den Schrei eines verwundeten Deutschlands hören konnte.

An diesem Morgen kam eine Frau in mein Zimmer. Sie war blass und wirkte verbittert; um den Kopf hatte sie einen schwarzen Schal gebunden. Es kam mir vor, als ob die Dunkelheit mit ihr den Raum betrat, und ich betete: »Herr, bedecke mich mit deinem Blut.«

Mit klagendem Tonfall begann sie zu sprechen; und ihre Predigt hatte, wie alle guten Predigten, drei Punkte. Die zentrale Aussage war, wie schlecht die Menschen im Allgemeinen sind, die Christen ganz besonders, und die Pfarrer sind die schlimmsten von allen! Punkt zwei war, wie gut sie selbst war: sie sprach von ihren Vorzügen und ihren guten Taten. Dann folgte Punkt drei als Schlussfolgerung. Wie können die Menschen es wagen zu behaupten, dass es einen Gott gibt, wenn eine so gute Frau, wie sie es ist, ein so trauriges Leben hat, so krank ist und so ein kleines Zimmer zum Leben hat?

Als sie zu Ende geredet hatte, blickte sie mich an, als ob sie sagen wollte: »Und nun werden Sie mich natürlich mit einem Bibelwort abspeisen.«

»Ich habe ein Wort für Sie«, sagte ich.

»Ach ja, wirklich?« Ich konnte förmlich sehen, wie sie das dachte. Ich aber sagte verschmitzt: »Edel sei der Mensch, hilfreich und gut.« Es war ein Zitat von Goethe, der in einem großen Teil Deutschlands heute wieder sehr verehrt und viel gelesen wird.

Die Antwort der Frau war unerwartet: »Damit kann ich mein leeres Herz nicht füllen.«

Ich blickte sie erstaunt an. Aber ich hatte ihr ja noch mehr zu sagen: »Jesus hat gesagt, ›Kommt her zu mir, alle, die ihr mühselig und beladen seid; ich will euch erquicken‹« (Mt 11, 28). Dann gab ich ihr eine große Verheißung nach der anderen aus dem Wort Gottes, und vor meinen Augen spielte sich ein Wunder ab. Die Frau trank durstig jedes Wort, als ob sie nach dem Wasser des Lebens schmachtete.

Niemals zuvor hatte ich solch einen plötzlichen Wandel im Verhalten eines Menschen erlebt. Als sie den Raum verließ, wusste ich, dass sie ein neuer Mensch geworden war, nicht einfach bekehrt, nein, sie hatte ihr Herz der Wahrheit geöffnet und war begierig, mehr davon zu erfahren.

Als sie ging, kam ein Mann herein und sagte: »Ich warte schon eine Stunde, um mit Ihnen zu sprechen.«

»Das tut mir Leid; ich wusste nicht, dass Sie da waren. Aber ich hätte das Gespräch unmöglich abkürzen können.«

»Es ist schon in Ordnung«, erwiderte er, »ich habe die Zeit sinnvoll genutzt. Ich konnte vom anderen Zimmer aus Gesprächsfetzen hören und habe für Sie gebetet, denn mir war klar, dass Sie einen schweren Stand hatten.«

»Wann haben Sie angefangen zu beten?«

»Vor einer halben Stunde.«

Als der Mann zu beten begann, ereignete sich das Wunder: Die Frau öffnete dem Evangelium ihr Herz.

Wie wenig machen wir uns die Bedeutung von Fürbitten klar! Wenn Sie in diesem Augenblick für jemanden beten, auch wenn er auf der anderen Seite der Erdkugel ist, wird ihn der Herr Jesus anrühren.

»Ich bin nicht meinetwegen zu Ihnen gekommen«, fuhr der Mann fort. »Hier in der Stadt lebt eine Frau, die in großer Not ist, und ich wollte Sie bitten, ob Sie vielleicht versuchen könnten, mit ihr Kontakt aufzunehmen. Sie hat sich geweigert, einen von uns zu sehen, aber wir haben viel für sie gebetet. Vielleicht haben Sie Erfolg, wo wir gescheitert sind.«

»Das tue ich sehr gerne. Wie heißt sie und wo wohnt sie?«

Er nannte mir ihren Namen. Es war der Name der Frau, die gerade meinen Raum verlassen hatte, und ich rief: »Aber das ist genau die Frau, die vor ein paar Minuten hier war! Jetzt werden Sie sie erreichen, denn sie sehnt sich danach, mehr vom Evangelium zu hören. Sie haben für sie gebetet, und nun können Sie Gott danken.«

Wenn wir uns bei Gott für einen Menschen einsetzen, dann haben wir selbst auch Anteil an Gottes Erlösungswerk. Das heißt nicht weniger, als dass wir unser Herz für den Geist Gottes geöffnet haben, der in uns betet. Könnte das der Grund sein, warum er auch in uns so erlösend und befreiend wirkt?

Einmal reiste ich mit dem Auto durch die kalifornischen Berge von Los Angeles nach San Francisco. Einer meiner Schwachpunkte ist es, dass ich mich davor fürchte, mit Amerikanern durch Gebirge zu fahren. Sie fahren gewöhnlich so furchtbar schnell. Auf einer Seite der Straße war ein tiefer Abgrund, und noch dazu gab es viele gefährliche Kurven auf dieser Strecke. Ich wusste aus Erfahrung, was ich zu tun hatte, wenn der Dämon der Angst von meinem Herzen Besitz ergriff. Während meiner Zeit im Gefängnis in Deutschland hatte er mich oft gerufen, und dann begann ich immer zu singen. Singen hilft immer. Versuchen Sie es selbst einmal; Angst und Furcht verschwinden, wenn Sie singen.

Also sang ich ein Lied nach dem anderen, bis mein Gastgeber, der am Steuer saß, mich neckte: »Haben Sie Angst?«

»Ja«, sagte ich, »darum singe ich.«

Aber dieses Mal half alles Singen nichts. Jedes Mal, wenn wir uns einer Kurve näherten, dachte ich: »Wenn uns jetzt hinter dieser Kurve ein anderes Auto entgegenkommt, krachen wir sicherlich ineinander!« Und völlig verängstigt hörte ich auf zu singen.

Nein, Singen half jetzt nichts mehr. Dann versuchte ich, meine Furcht mit Beten zu verscheuchen. Aber mein Gebet wurde nur eine einzige Wiederholung: »Herr bring uns sicher nach San Francisco. Lass uns nicht diesen Abgrund hinunterstürzen. Bitte sorge dafür, dass uns in der nächsten Kurve kein Auto entgegenkommt.«

Ich betete immer weiter, um meine Angst zu verjagen, bis ich plötzlich begann für andere zu beten. Ich weiß selbst nicht, wie ich auf die Idee kam. Ich betete für jeden, der mir gerade in den Sinn kam, für Leute, mit denen ich gereist war oder die mit mir im Gefängnis gewesen waren, für meine früheren Schulfreunde. Ich weiß nicht, wie lange ich gebetet habe, aber ich erinnere mich ganz klar, meine Angst war weg. Das Beten für andere hatte mir selbst Erleichterung gebracht.

Vor einiger Zeit habe ich in San Diego einen Mann kennen gelernt, der eine Geschichte von der Kraft der Fürbitte erzählte. Er war ein starker Trinker und wurde schließlich in ein psychiatrisches Krankenhaus eingewiesen. Hier wurde er in ein Zimmer mit drei anderen Patienten gelegt, die Tag und Nacht nur schrien. Als es Nacht wurde, war er völlig verzweifelt. Er betete, aber er konnte nicht einschlafen, denn das Schreien hörte nicht auf. Da begann er plötzlich für diese drei Mitpatienten zu beten, und urplötzlich hörte das Schreien auf.

»Und nicht nur das«, fuhr der Mann fort, »es schien, als wenn etwas in mir zerbrochen wäre. Als ich für die anderen betete, wurde meine eigene Spannung gelöst und ich war frei. Am nächsten Tag musste ich mich einer psychiatrischen Untersuchung unterziehen. Am Ende sagte der Arzt zu mir: ›Mit Ihnen ist nichts; sie sind völlig normal.‹ Ich wusste, dass ich in jener Nacht ein freier Mann geworden war.«

Eine Begleiterscheinung der Fürbitte mit ihren vielen anderen Segnungen ist oft die Heilung der eigenen Spannungen.

Flüchtlinge in Not

Über der Ruine in uns und um uns
Erstrahlt der Stern von Bethlehem.
In unserer Sünde und Not fand er uns
Und er führte uns zu unserem König.
Über der Ruine in uns und um uns
Erstrahlt still das Licht des Himmels;
Gott in seiner Gnade hat uns befreit
Von der Nacht des teuflischen Willens.

Hunderte von Flüchtlingen lebten in einer großen Fabrik. Die Maschinen waren abgebaut, und jeder Winkel des Gebäudes wurde benutzt als Wohnbereich für die Verfolgten, die hier Ruhe gefunden hatten.

Ruhe?

Ich war in einer Halle, wo etwa zweihundert Menschen zusammenlebten. Es war wie ein riesiges Haus ohne Zwischenwände. Um einen Tisch herum saßen Kinder und machten ihre Hausaufgaben. Hinter ihnen standen Betten und hinter den Betten war schon wieder ein anderer »Raum«. Mädchen machten sich fertig fürs Bett. Etwas weiter lagen Männer, die gerade von der Arbeit zurückgekommen waren. Todmüde hatten sie sich auf ihren Matratzen ausgestreckt.

Die meisten dieser Leute lebten hier schon etwa drei Jahre. Obwohl alle im Augenblick relativ ruhig waren, herrschte ein Stimmengewirr und die Unruhe einer großen Menschenmenge. Es gab keinerlei Privatsphäre, kein Zimmer, das irgendeiner dieser Menschen sein eigen hätte nennen können. Dies alles erinnerte mich an einen großen Wartesaal, aber das war es keineswegs; die Menschen warteten hier nicht, um wegzugehen; dies war der Ort, wo sie lebten.

Man konnte den unterschiedlichen Wohlstandsgrad der einzelnen Familien sehr einfach erkennen. In einer Ecke standen Betten mit dicken Federbetten und eleganten Bettüberwürfen und eine Lampe mit einem hübschen Lampenschirm stand auf einer bunten persischen Tischdecke. Unmittelbar daneben lagen einige Matratzen auf dem Boden mit schmutzigen Decken und ohne Betttücher. Eine Frau schnitt Schwarzbrot auf einem schmutzigen Holztisch.

Der Leiter, der mich herumführte, sagte: »Wollen Sie nicht einmal zu diesen Menschen sprechen? Wenn ich um Ruhe bitte, werden alle Sie hören können.«

Aber ich schrak zurück: »Bitte nicht; nicht heute«, bat ich. »Ich kann jetzt nicht hier sprechen. Ich würde gerne später einmal wiederkommen, um mit ihnen zu leben. Vielleicht traue ich mich dann, mit ihnen zu reden. Ich kann nicht einfach von draußen hier hereinkommen und reden, und dann wieder zurück in mein eigenes ruhiges Gästezimmer gehen.«

Zwei Monate später kam ich zurück. Aber ich kam zu einem ungünstigen Zeitpunkt. Christen gegenüber herrschte eine stark ablehnende Haltung. Ein Pfarrer hatte nämlich etwas sehr Dummes getan. Er hatte die Fabrik besichtigt und hatte daraufhin einen Zeitungsartikel geschrieben, in dem er die Situation in rosaroten Farben schilderte. Wenn man diesen Artikel las, wäre man beinahe versucht gewesen, um Erlaubnis zu bitten, in der Fabrik leben zu dürfen, selbst wenn man ein eigenes kleines Heim hätte. Die Bewohner der Fabrik waren zu Recht aufgebracht, nicht nur über den betreffenden Pfarrer, sondern über alle Christen. Das Ergebnis war, dass ein Evangelist, der mit den Kindern gearbeitet hatte, nicht mehr hineingelassen wurde. Darüber hinaus wurde beim Eingang ein Plakat aufgehängt, dass niemand, der sich selbst als Christen bezeichnen würde, diesen Ort betreten dürfte.

Davon durfte und wollte ich mich nicht einschüchtern lassen, sondern ich ging zur Polizei und bat, mich als Flüchtling registrieren zu lassen.

»Aber Sie sind doch gar kein Flüchtling«, sagte der Polizist.

Ich erklärte ihm die Situation und er war amüsiert. Ich wurde registriert, und kurz darauf spazierte ich in die Fabrik hinein, vorbei an dem Verbots-Schild.

Die Situation drinnen hatte sich gebessert. Man hatte von einer Wand zur anderen Seile gespannt, und über den Seilen hingen Decken oder Zeitungen, die man zusammengenäht und mit Wäscheklammern an den Seilen festgeklammert hatte. Auf diese Weise hatte jeder zumindest etwas, was einem eigenen Zimmer ähnelte. Während des Tages musste ich mich bei einem Ehepaar aufhalten; und für die Nacht wurde für mich auf der anderen Seite der »Straße« ein Bett in einem kleinen »Zimmer« aufgestellt, das zwei Frauen bewohnten. Ich musste für mich selbst kochen und hatte schon ein paar Eier und Tomaten gekauft. Als ich meine Gastgeberin bat, mir eine Pfanne zu leihen, rief sie: »Wer leiht dem Neuankömmling eine Pfanne?«

Unter der Abtrennung aus Decken tauchte eine Bratpfanne auf, und ich ging hinunter in den Keller, der als Küche hergerichtet worden war. Die Hitze hier war unerträglich. Große Herde liefen auf Hochtouren, und um sie herum standen Frauen und kochten, mindestens vierzig um einen Herd.

Es war interessant zu sehen, wie sich die Gerichte der verschiedenen Nationalitäten voneinander unterschieden. In der Regel kochten die Deutschen stärkehaltiges Essen, viele Kartoffeln, manchmal mit Makkaroni als Ersatz für Gemüse, und zum Dessert Pfannkuchen. In der Küche waren Frauen aus Litauen, Polen und aus der Tschechoslowakei, und alle kochten verschiedene Gerichte. Mein kleines Mahl aus Eiern und Tomaten wurde nicht gerade mit Wohlwollen betrachtet, obwohl es vitaminreich war, und sicherlich wäre niemand bereit gewesen, mit mir sein Essen zu tauschen.

Ich verließ die überhitzte Küche so schnell wie möglich und aß in Gesellschaft meiner Gastgeberin mein erstes selbst gekochtes Abendessen als »Flüchtling«. Wir saßen auf einer kleinen Bank und aßen von einer Kiste, die als Tisch diente. Ich kann nicht bestreiten, dass zwischen den Papierabtrennungen eine gewisse gemütliche Atmosphäre herrschte, aber die Geräusche und Düfte der anderen »Wohnungen« drangen ungehindert in unser »Zimmer«.

Dann begann ich mit meiner eigentlichen Arbeit hier. Ich ging von einem »Zimmer« zum anderen und »machte Besuche«. Ich sprach wenig, hörte aber viel zu, und blickte in die Tiefen einer leidenden und freudlosen Existenz. Die meisten Leute gehörten zu den Mutlosen, die nicht mehr genügend Energie hatten, um sich von diesem Existenzniveau hochzuarbeiten. Entmutigt und gleichzeitig verbittert erzählten sie mir von ihrer Flucht vor den Bomben und ihren Wanderungen von einem Lager ins nächste, bis sie endlich hier ihr »Heim« gefunden hatten.

Einige dieser Menschen hatten sich erstaunlich gut an ihre neue Umgebung angepasst. Aber was war das für eine Umgebung! Arbeitslose Männer und Jungen spielten gelangweilt Karten. Frauen versuchten, ihre »Häuser« in Ordnung zu bringen. Über dem Gebäude lag ein ekliger Gestank, der sehr an verdorbenen Fisch erinnerte. Einige Frauen kochten, und die Gerüche von gekochtem Essen mischten sich mit denen von Zigaretten, billigem Parfum, Jute und anderen unangenehmen Düften. Die Sonne brannte auf das Ziegeldach. Ich wohnte auf dem Dachboden und die kleinen Fenster dort waren verschlossen.

Ein kleines Mädchen lief direkt durch unser »Zimmer« in ihr eigenes »Zuhause«. Sie schob einfach die Abtrennungen aus Zeitungen und Decken beiseite.

Irgendwo im Gebäude schrie eine Frau. Sie war gekommen, um ihre Tochter abzuholen, die hier über Nacht festgehalten worden war. Ich konnte nicht herausbekommen, ob mit oder gegen ihren Willen. Dinge geschahen hier genauso wie in vielen Großstadtvierteln, wo die Armen, die Arbeitslosen und die Verzweifelten zusammenleben. Aber der Unterschied war, dass hier die Geräusche ungehindert durch die Abtrennungen überall zu hören waren.

Alle hörten auf zu reden und hörten zu, um das Ende der Sache mitzubekommen. Aber die Frau war gegangen, und das Leben nahm seinen gewohnten Gang und seine Geräusche wieder auf: das Gejaule einer Mundorgel, das Jammern eines kranken Kindes, das Schimpfen einer überanstrengten Mutter, das Schlagen von herumtollenden

Jungen, und das unaufhörliche Gebrumme von mehr als zweihundert Stimmen.

Konnte man an diesem Ort überhaupt Ruhe finden? Ich besuchte die Leute und versuchte mit ihnen zu sprechen. Ich hörte mir ihre Geschichten von Not und Flucht an. »Ob es in dieser Welt noch einmal besser wird?«, fragten sie mich. Ich konnte nur über die Zukunft Jesu Christi sprechen, von seiner Wiederkunft und von der neuen Erde, in der die Gerechtigkeit wohnen wird. Für diese Welt sehe ich nur noch wenig Hoffnung. Es gibt nur noch Hoffnung für diese Welt im Licht von 1. Petrus 1, 6: »Dann werdet ihr euch freuen, die ihr jetzt eine kleine Zeit, wenn es sein soll, traurig seid in mancherlei Anfechtungen.« Es ist das Licht Jesu Christi, das in der tiefsten Dunkelheit immer weiter scheint, das Licht ist siegreich für die, die ihn kennen und lieben. Für sie werden sich alle Dinge zum Guten wenden.

Gab es überhaupt noch Hoffnung für diesen Teil der Welt, wo neun Millionen Flüchtlinge in Häusern zusammengepfercht waren, die immer noch in diesem ausgebombten Land der Ruinen standen – Hoffnung für ein Land, wo die übrig gebliebenen Fabriken gesprengt waren, wo die Arbeitslosigkeit Tag für Tag mehr wurde, und wo die Mittel zum Überleben einfach verschwunden waren?

Ich dankte Gott für meine Erfahrungen aus dem Konzentrationslager. Nun konnte ich diesen Menschen von meiner Erfahrung erzählen, dass Jesus Christus in der Hölle von Ravensbrück wirklich da war. Die Tatsache, dass auch ich gelitten hatte, weckte ihr Interesse, und ich durfte vor ihnen sprechen, denn ich konnte sie verstehen.

Am Abend kam mein Gastgeber nach Hause. Er lieh sich einen Hocker von den Nachbarn aus, und nach dem Abendessen kamen zwei ältere Männer mit ihren Hockern herüber, setzten sich zusammen und rauchten ihre Pfeife in dem kleinen »Zeitungszimmer«. Ich war todmüde, als ich die »Deckentür« der Nachbarn hochhob, ich ging in ihren Raum, um ins Bett zu gehen. Es war ein gutes Bett, das sie für mich gemacht hatten. Als ich mich darauf ausstreckte, zogen die ganzen Erlebnisse des Tages vor meinem inneren Auge vorbei.

In Ravensbrück hatte ich gut gelernt, all meine Sorgen und Lasten auf ihn zu werfen, von dem gesagt wird: »Alle eure Sorge werft auf ihn; denn er sorgt für euch« (1. Petrus 5, 7). Mein Sorgenkoffer war randvoll, und als ich ihn vor dem Herrn ausschüttete, betete ich: »Herr, hier sind sie; hilf mir, sie nun bei dir zu lassen, damit ich meinen Weg unbelastet weitergehen kann.«

Um mich herum war überall Lärm. Welch eine Unruhe! Dann drang plötzlich eine Unterhaltung aus dem ganzen Stimmengewirr an mein Ohr. Auf der anderen Seite der Papierabtrennung planten zwei Männer, wie sie mit einem Christen umgehen würden, der so dreist wäre, dieses Gebäude zu betreten. Ich hörte das Ende ihres Gesprächs nicht mehr, denn ich war schon eingeschlafen, bevor sie aufgehört hatten zu reden. Der letzte Gedanke, der mir in den Sinn kam, bevor ich einschlief, war: »Unter mir sind seine ewigen Arme.«

Stühle im Lager

»Ich will dich unterweisen und dir den Weg zeigen,
den du gehen sollst.«
Psalm 32,8

In der Zeit, als ich in der Fabrik lebte, erhielt ich eine Einladung von der Christlichen Studentengemeinschaft. Ich sollte zehn Monate lang in Studentengruppen der Gemeinschaft in amerikanischen Colleges und Unversitäten arbeiten.

Das Leben in der Fabrik hatte mich völlig ausgelaugt. Es war der Letzte der zehn Monate, den ich in Deutschland verbringen wollte. Die Arbeit dort war sehr erfreulich, aber zugleich auch sehr anstrengend gewesen. Als ich den Brief las, erwachte in mir eine große Sehnsucht, die Vereinigten Staaten zu besuchen. Natürlich hatten die Menschen dort nicht so schreckliche Zeiten erlebt wie hier in Deutschland.

Ich wusste nicht, was ich tun sollte. Ich wollte so gern in die Staaten reisen, aber ich wusste, es war Gottes Wille, dass ich mit meiner Arbeit hier in Deutschland fortfahren sollte, und er würde mir dafür auch neue Kraft schenken. Ich wollte nur wissen, wohin er mich rief.

Also bat ich um ein Wunder, ein Zeichen. Durfte ich das? Natürlich: Gideon hatte das auch getan.

»Herr, wenn es dein Wille ist, dass ich nach Amerika gehe, dann sorge für eine kostenlose Überfahrt. Das wird für mich das Zeichen sein. Ich weiß, dass du bereit bist, mir Geld für die Reise zukommen zu lassen, aber ich muss immer daran denken, wie viele Stühle ich für das Lager in Darmstadt mit so viel Geld kaufen könnte.«

Ich wusste nun, wie unbequem es war, keine Stühle zu haben. Als meine Freunde und ich das Lager in Darmstadt ausstatteten, hatten wir nicht genügend Geld, um Stühle zu kaufen. Betten, Kleidung, Essen, das Allernötigste zum Leben konnten wir beschaffen, aber wir hatten kein Geld für Stühle.

Als ich diese Dinge noch einmal mit meinen Freunden besprach, sagten sie, es sei ein Zeichen, dass ich nicht nach Amerika gehen sollte. Warum nicht? Gott ist ein Gott der Wunder. Er könnte für eine kostenlose Überfahrt sorgen.

Ich ging zum Büro einer Schifffahrtsgesellschaft in Amsterdam. »Ich möchte nach Amerika fahren«, sagte ich, »und ich würde mir gern die Überfahrt durch die Arbeit als Stewardess verdienen.« Ich konnte eine gewisse Komik in der Situation erkennen, denn schließlich war ich nicht mehr ganz jung, und es war fraglich, ob ich einer solchen Arbeit gewachsen war.

»Wissen Sie, dass Stewardessen nur eine Woche in Amerika bleiben dürfen? Sie müssen mit demselben Schiff wieder abreisen.«

»Nein, das geht nicht. Ich plane, etwa zehn oder elf Monate in den Vereinigten Staaten zu bleiben. Aber erlauben Sie mir, Ihnen etwas aus meinem Leben zu erzählen?«, bat ich. »Während des Krieges ...«

»Warten Sie, Sie brauchen nichts zu sagen. Ich weiß alles über Sie. Hier ist Ihr Buch ›Gefangene macht er frei‹; ich kenne Ihre ganze Geschichte. Ist es nicht wunderbar, dass

Gott ausgerechnet Sie berufen hat, in Deutschland zu arbeiten?«

»Ja, sicher, aber woher wissen Sie das alles?«

»Ich habe mich immer dafür interessiert, was Sie machen, und es soll nicht meine Schuld sein, wenn Sie keine kostenlose Überfahrt bekommen.«

Er arrangierte alles für mich. Ich sollte auf einem Frachter reisen, als Stewardess.

Die Bewohner meines Lagers in Darmstadt bekamen ihre Stühle, und für mich war es das Schönste zu wissen, dass es Gottes Wille und seine Führung war, dass ich nach Amerika ging.

Hollywood

»Wie viele ihn aber aufnahmen, denen gab er Macht,
Gottes Kinder zu werden,
denen, die an seinen Namen glauben.«
Johannes 1,12

Ich war eingeladen worden, an der Versammlung einer Gebetsgruppe von Filmstars in Hollywood teilzunehmen; und ich war so aufgeregt, als ich darauf wartete, was geschehen würde.

Es war wirklich eine Gruppe gut aussehender Leute. Sie empfingen mich freundlich, aber sehr ungezwungen, und zuerst fühlte ich mich ein wenig fehl am Platze.

Nachdem einer von ihnen die Textlesung gelesen hatte, knieten alle nieder. Ich war bewegt, als ich in ihren Gebeten eine Freudigkeit und Dankbarkeit beobachtete, wie ich sie selten zuvor erlebt hatte. Als ich zu ihnen redete, waren sie sehr aufgeschlossen, und anschließend erzählten mir einige von ihren Erfahrungen. »Ich war so glücklich, als ich den Herrn Jesus kennen lernte«, sagte einer. »In der Woche musste ich eine dramatische Szene spielen, in der ich weinen sollte. Ich konnte aber einfach nicht weinen. Ich war viel zu glücklich.«

Einige der Stars erzählten von ihrer »leidenden Scham um seinetwillen«. Wie viele andere Christen in den Vereinigten Staaten trinken und rauchen sie nicht. Daher wurde bald bekannt, dass sie Christen waren, und die Leute fragten: »Sie rauchen nicht? Sind Sie Mitglied einer Sonntagsschule?« Wenn sie dann mutig ihren Glauben bezeugten, reagierten ihre Kollegen darauf gelegentlich mit Spott und Verachtung.

Ein junges und hübsches Mädchen namens Colleen Townsend sagte zu mir: »Ich werde in der Filmwelt bleiben, bis Gott mir klarmacht, dass ich sie verlassen muss. Wir sind die Einzigen, die unsere Kollegen ansprechen können, und wir wollen die Gelegenheit so lange wie möglich nutzen.«

Drei Wochen später las ich in der Zeitung, dass sie ihre sehr lukrative Stelle gekündigt hatte und nun an einer Bibelschule studierte.

Das zweite Mal, als ich mit dieser Gruppe in Verbindung kam, war bei ihrer Bibelstunde, die sie alle zwei Wochen für ihre nicht christlichen Kollegen abhielten. Die Stunde wurde im Haus von Jane Russell abgehalten.

Ihr Haus ist wirklich außergewöhnlich. Es liegt oben auf einem Berg, und der letzte Teil der Zufahrtsstraße ist so steil, dass das Haus nur mit dem Auto zu erreichen ist. Eine Wand im Wohnzimmer ist komplett aus Glas, und von diesem Aussichtspunkt aus hat man einen herrlichen Blick über ganz Hollywood. Die Gestaltung des Raums und die Möbel sind äußerst ungewöhnlich und haben einen gewissen Charme.

Ein junger Pfarrer sprach an diesem Abend, und er vermittelte seine Botschaft über Sünde und Erlösung mit großem Ernst, aber gespickt mit viel Humor. Er zeigte, dass die größte aller Sünden der Unglaube ist, und der Wille, Jesus Christus zu widerstehen. Nicht nur das Verlangen nach Bekehrung, sondern auch die große Freude, die man als Kind Gottes hat, erklärte er auf eine Art und Weise, dass er damit seine gesamte Zuhörerschaft begeisterte. Ohne zu zögern beschrieb er die Zukunft derer, die verloren sind: eine Ewigkeit ohne Jesus Christus.

Sing-Sing und Hollywood. Das eine ganz im Osten und das andere ganz im Westen der Vereinigten Staaten. Nirgendwo sonst habe ich solch ein Interesse und eine Aufgeschlossenheit für die Frohe Botschaft erlebt.

Als ich später in Holland eine Vorlesung über Amerika hielt, erzählte ich meinen Zuhörern von dieser Erfahrung in Hollywood. Während der Diskussion wurde ich gefragt: »Wie ist es möglich, Filmstar und gleichzeitig Christ zu sein?«

Ich betete um Weisheit, um diese Frage beantworten zu können, und sagte dann: »Das frivole Leben eines Filmstars mit dem Christsein zu verbinden ist praktisch unmöglich. Aber genauso unmöglich sind Verbindungen von Stolz und Christsein, Selbstzufriedenheit und Christsein, Unversöhnlichkeit und Christsein, Lästern und Christsein.«

Das erinnert mich an die Geschichte von Jesus und der Ehebrecherin. »Wer unter euch ohne Sünde ist, der werfe den ersten Stein auf sie« (Joh 8, 7). Und Jesus Christus meint es sehr ernst mit seinem Befehl an die Filmstars und an alle anständigen und unanständigen Sünder: »Geh hin und sündige hinfort nicht mehr« (Joh 8, 11).

Wie wunderbar ist es, dass er in diese Welt kam, um Sünder zu erlösen! Auf Golgatha sehen wir die schreckliche Sündigkeit der Sünde, aber wir sehen auch ihn. »Dazu ist erschienen der Sohn Gottes, dass er die Werke des Teufels zerstöre« (1. Joh 3, 8).

»Denn wir sind sein Werk, geschaffen in Christus Jesus zu guten Werken, die Gott zuvor bereitet hat, dass wir darin wandeln sollen« (Eph 2, 10).

Wenn wir mit Christus in Gott verborgen sind, dann stehen wir auf der Seite der Sieger.

In London

»Gott will in unser Herz kommen,
so wie das Licht einen Raum durchfluten will,
der seinen Strahlen geöffnet wird.«
Amy Carmichael

Als ich in London war, wurde ich gebeten, eine Frau in einer Nervenklinik zu besuchen. Die Frau war ein Opfer des Hasses geworden. Sie hatte immer in Palästina gelebt. Ihr Mann war freundlich zu den Juden gewesen, und es waren ausgerechnet Juden, die eine Bombe auf ihr Haus geworfen hatten. Als sie wieder zu Bewusstsein kam, sah sie, dass ihr Mann tot war, und sie öffnete ihr Herz dem Hass. Nun war sie ein totales Wrack. Sie verbrachte den ganzen Tag damit, Zeitung zu lesen, um darin Neuigkeiten über die Juden zu finden. Wenn ihnen etwas Schreckliches zugestoßen war, freute sie sich.

Die arme Frau!

Als sie den Raum betrat, blickte sie mich misstrauisch an. Ich betete um Weisheit und Liebe.

»Ich weiß genau, was Sie mir sagen werden. Ich muss beten«, begann sie die Unterhaltung trotzig. »Aber ich kann nicht beten.«

Ich erwiderte nichts, und sie fuhr fort: »Ich weiß ganz genau, was Sie als Nächstes sagen werden; ich muss den

68

Hass aus meinem Herzen verbannen, denn nur dann kann ich wieder beten.«

»Wer hat Ihnen das gesagt?«

»Der Kaplan.«

»Zweifellos ist der Kaplan noch ein sehr junger Mann, der noch nicht weiß, wie mächtig der Teufel des Hasses ist. Aber Sie und ich wissen das. Ich war mit meiner Schwester in einem Konzentrationslager. Als ich brutal misshandelt wurde, konnte ich es ertragen, aber als ich sah, dass sie meine Schwester schlagen wollten, weil sie zu schwach war, um Sand zu schaufeln, wollte der Hass mein Herz erobern. Und da erlebte ich ein Wunder. Jesus hatte seine Liebe in mein Herz gepflanzt, und da war kein Platz mehr für Hass. Das Einzige, was Sie tun können, ist Ihr Herz dieser Liebe zu öffnen. Diese Liebe ist Realität. Wenn es in einem Zimmer dunkel ist und draußen scheint die Sonne, muss ich dann die Dunkelheit hinausfegen? Natürlich nicht. Ich muss nur die Gardinen zurückziehen, und sobald das Sonnenlicht das Zimmer durchflutet, ist die Dunkelheit verschwunden.«

Wir knieten beide nieder und ich betete: »Herr, hier sind wir, schwach, viel schwächer als der Teufel des Hasses. Aber du bist stärker als der Teufel des Hasses, und nun öffnen wir dir unsere Herzen, und wir danken dir, dass du in unser Herz kommen willst, so wie die Sonne ein Zimmer durchfluten will, das ihren Strahlen geöffnet wird.«

Eine Woche später wurde die Frau aus der Nervenklinik entlassen. Ihr Herz war erfüllt von der Liebe Gottes.

May

*»Dazu ist erschienen der Sohn Gottes,
dass er die Werke des Teufels zerstöre.«*
1. Johannes 3,8

Mitten im Wald war ein kleines Sommerhaus. May und ich
gingen entlang den Klippen in der Nähe von Lynton an der
Westküste Englands spazieren. Am Tag zuvor hatten wir
eine beeindruckende Vorlesung über die Forderung nach
bedingungsloser Hingabe an Gott gehört.

Wir rasteten eine Weile in dem Sommerhaus und May
nutzte die Zeit, um über die Vorlesung zu spotten. Nicht
nur der Inhalt, auch der Aufbau der Vorlesung wurde sorg-
fältig durchgegangen. May verriss die Vorlesung förmlich.
Ich sah sie an und musste lächeln.

»Was ist der Grund für all diese Vorbehalte? Ist es vielleicht, weil du nicht tun willst, was von dir verlangt wird?
Hast du dich schon einmal total hingegeben? In Johannes 3
lesen wir die Geschichte von einem Mann, der zu Jesus kam.
Jesus sagte zu ihm, dass ›außer wenn jemand von Neuem geboren wird, er das Reich Gottes nicht sehen und geschweige
denn betreten kann‹. Hat dieses ›Von-Gottes-Geist-Gebo-
ren-werden‹ in deinem Leben schon stattgefunden?

Gottes Geist ist hier, er will in dir wohnen, aber du
musst die Entscheidung dafür treffen. Ist das denn so

schwierig? Vor nicht allzu langer Zeit gab es die Wahl zwischen Jesus und einer Welt einer fortschrittlichen und expandierenden Gesellschaft. Nun gibt es die Wahl zwischen Jesus und einer Welt im schnellen Niedergang. Du kannst es sehr kompliziert machen, aber ist es nicht viel mehr wie ein Heiratsantrag? Welche Art Antwort erwartet ein junger Mann, wenn er ein Mädchen bittet, ihn zu heiraten? Sicherlich entweder Ja oder Nein; eine andere Möglichkeit gibt es nicht. Und genauso ist es, wenn wir zwischen Jesus und der Welt wählen. Jesus sagt: ›Komm zu mir‹, aber du sagst Nein, weil hinter deiner Kritik irgendetwas anderes steckt, nicht wahr?«

»Ich würde mich ja gern an Jesus hingeben«, sagte sie. »Mein Herz sehnt sich nach dem Frieden mit Gott. Und ich weiß auch, wie ich es machen muss, aber wenn ich an dem Punkt angelangt bin, wo ich Ja sagen muss, dann scheint eine Barriere hochzufahren, die mich davon abhält.«

»Hör mal, May. Denke zurück an die Ereignisse in deinem Leben und erzähle mir, ob du jemals mit Spiritismus in Berührung gekommen bist. Warst du schon einmal bei einem Wahrsager? Weißt du, wenn du so etwas tust, dass du unter den Fluch fällst, durch den dir der Weg zu Gott versperrt wird? Ja, sogar der Weg zur Bekehrung. So ein Fluch kann dich einfangen, selbst wenn du dir lediglich erlaubt hast, dich von einem Hypnotiseur behandeln zu lassen. Solche Leute stehen auch oft auf der falschen Seite, und das kann eine große Gefahr sein.«

May lachte spöttisch. »Ich habe mich vor Jahren tatsächlich einmal überreden lassen, zu einem Wahrsager zu gehen«, sagte sie, »aber ich habe nicht daran geglaubt, ich habe es nur zum Spaß gemacht. Danach haben wir uns darüber amüsiert. Ich hatte das total vergessen, aber jetzt, wo du mich fragst, erinnere ich mich wieder gut daran. Aber das hat sicherlich nichts geschadet, ich habe kein bisschen daran geglaubt.«

»May, stell dir einmal vor, du wärst ein Soldat im Krieg, und du müsstest ein bestimmtes Gelände auskundschaften. Durch Zufall fällst du in die Hände des Feindes, als du sein Territorium betrittst. Meinst du, es würde dir helfen, wenn du sagtest: ›Ach, entschuldigen Sie bitte, es war nicht meine Absicht, hierher zu kommen; es geschah durch einen Fehler?‹ Wenn du einmal auf ihrem Gebiet bist, bist du ihnen ausgeliefert. Obwohl du es nicht wusstest, hat ein Dämon von deinem Herzen Besitz ergriffen, und dein Leben ist unter diesen Fluch gefallen. Wenn du dich bekehren willst, kommt er dazwischen. Du begreifst nicht die Bedeutung, und deshalb ist es so gefährlich. Paulus sagt in Epheser 6, 12: ›Denn wir haben nicht mit Fleisch und Blut zu kämpfen, sondern mit Mächtigen und Gewaltigen.‹«

Der amüsierte Ausdruck war aus Mays Gesicht gewichen, und stattdessen war da nun Angst zu lesen.

»Ich sage dir diese Dinge nicht, um dir Angst zu machen, May. Wenn ich nur das zu sagen hätte, sollte ich besser schweigen, aber der erste Schritt zum Sieg ist, die Stellung des Feindes zu kennen. Und das Wunderbare daran ist, dass Jesus der Sieger ist. Was du tun musst, ist, die Tür genau da zu schließen, wo du sie geöffnet hast. Ich will damit sagen, denke an einen Abschnitt aus der Bibel, der von Vergebung spricht.«

May dachte einen Augenblick nach, dann sagte sie: »Kolosser 1, 14: ›In seinem lieben Sohn haben wir die Erlösung, nämlich die Vergebung der Sünden.‹«

»Das ist richtig. Und nun bitte den Herrn Jesus, mit dir zu dem Augenblick zurückzugehen, wo du diese Sünde begangen hast. Bekenne deine Sünde, bitte um Vergebung und danke dafür, denn der Text, den du zitiert hast, ist wahr. Dann ist die Tür verschlossen und du bist wieder frei. Dann bist du nicht länger dem Dämon ausgeliefert.

Ich selbst hatte einmal die Gelegenheit, einer Wahrsagerin den Weg zum Heil zu zeigen. Ich war in Deutschland. Den ganzen Tag über war sie eifrig damit beschäftigt, ›Türen zu schließen‹. Dann kam sie zurück zu mir und sagte: ›Ich fühle mich jetzt glücklicher, aber ich weiß, dass es Sünden gibt, die ich vergessen habe. Ich bin noch nicht vollkommen frei.‹«

»Dann erzählen Sie dem Herrn Jesus davon, genauso, wie Sie es mir gerade erzählt haben, und danken Sie ihm für seine Vergebung«, erwiderte ich. Zwei Tage später kam sie wieder und sagte: ›Heute Morgen bin ich aufgewacht und habe gesungen: Ich bin vollkommen frei.‹ Sie war voller Lob und Dank für den Herrn. Willst du das auch tun, May? Ich bin sicher, dass du gewinnst. Ich lasse dich jetzt allein. Fechte es den Rest des Tages ohne mich aus.«

Ich ließ sie allein und ging zurück zum Tagungsgelände. Die Brandung donnerte gegen die Klippen. Ein Sturm kam auf, und es war ein beeindruckendes Schauspiel. Nahe beim Ufer erhob sich ein steiler Felsen schroff aus dem Meer. Es war, als ob zwei Mächte gegeneinander kämpften, aber der Fels stand unbeweglich inmitten der Wellen.

Am letzten Abend der Tagung fragte der Leiter, ob jemand erzählen wollte, was er in diesen Wochen gelernt oder erfahren hatte. May stand auf und sagte: »Ich habe hier gelernt und erfahren, dass Jesus der Sieger ist.«

Schweiz

Es ist dumm, die Macht des Satans zu unterschätzen,
aber es ist tödlich, sie zu überschätzen.

Mir war das Privileg zuteil geworden, dass ich an drei aufeinanderfolgenden Abenden in einer kleinen Bergkirche in der Schweiz reden durfte. Ich war zu Gast in dem wunderschönen Pfarrhaus und genoss das Gespräch mit dem Pfarrer, die herrliche Aussicht aus meinem Schlafzimmerfenster und die reine Bergluft.

Am letzten Abend sprach ich über die Realität der Verheißungen Gottes. Oftmals verstehen wir diese Verheißungen nicht. Sie erscheinen uns zu erhaben und für uns Menschen unverständlich, und so legen wir sie beiseite, ohne wirklich einmal ernsthaft über sie nachzudenken. Aber das ist nicht Gottes Absicht. Er steht hinter jeder Verheißung mit seiner Liebe und seiner Allmacht, und es war ihm wirklich ernst, als er sie aussprach. Und deshalb glaube ich, dass wir sündigen, wenn wir sie ignorieren oder ihnen vielleicht ausweichen, indem wir sie weginterpretieren und auslegen.

Mein Zug fuhr erst am Abend, und so stand ich am Nachmittag draußen vor dem Pfarrhaus und blickte über das herrliche Panorama, das hier vor mir ausgebreitet lag. In der Ferne waren schneebedeckte Berggipfel, und vor ihnen erhoben sich die grünen Abhänge der Gebirgsausläufer.

Der Himmel war strahlend blau und die Vögel sangen ihre schönsten Lieder; und ich summte ein Loblied an meinen Schöpfer: »Niemals kann der Glaube zu viel erwarten.«

Besucher kamen, um mich zu sehen; eine Mutter und ihre fünfzehn Jahre alte Tochter. Das Kind war ein bedauernswerter Anblick, denn das Mädchen schreckte beim kleinsten Geräusch ängstlich zurück und vergrub ihr Gesicht im Arm ihrer Mutter. Das Gesicht der Mutter war voller Sorge, als sie mich flehend ansah.

»Sie sprachen gestern Abend über die Realität der Verheißungen Gottes«, sagte sie. »Glauben Sie das selbst auch?«

»Sicher tue ich das«, erwiderte ich sofort. »Die Verheißungen Gottes sind eine größere Realität als unsere Probleme.«

»Dann treiben Sie diesen Dämon aus, um Christi willen«, forderte sie vehement.

Ich schrak zurück, als ob sie mich gestoßen hätte. Alles, nur nicht das! Das war ein Gebiet, auf dem ich mich nicht versuchen wollte. Andere könnten das vielleicht, aber nicht ich.

Ich betete schweigend und fragte: »Herr, du weißt, dass ich das nicht kann und nicht tun werde.«

Der Herr antwortete mir klar und unmissverständlich. »Aber du musst es tun, denn in dem, was du gerade zu der Frau gesagt hast, liegt noch mehr Wahrheit als dir bewusst ist. Meine Verheißungen sind wahr.«

Ich las mit der Mutter Markus 16, und dann beteten wir gemeinsam und baten Jesus Christus, uns mit seinem Blut zu bedecken und uns in unserem Kampf gegen den Teufel und gegen seine Angriffe zu schützen.

Ich fragte das Kind: »Kennst du den Herrn Jesus?«

»Ja«, sagte es, »aber ich wünschte, er würde mich glücklich machen. Ich will glücklich sein.«

Dann redete ich zu dem Dämon, im Namen des Herrn Jesus, der am Kreuz den Sieg errungen hat und der uns mit seinem Blut rein gemacht hat. In seinem Namen befahl ich dem Dämon, aus dem Mädchen auszufahren und zurück in die Hölle zu gehen, wo er hingehörte. Ich verbot ihm, von irgendjemandem sonst Besitz zu ergreifen oder wieder in das Kind einzufahren.

Das arme Mädchen verließ das Pfarrhaus genauso besessen, wie sie es betreten hatte, und ich war zutiefst unglücklich. Wie schwach war doch mein Glaube, und es fehlte mir an Kraft! War es nur Theorie, was ich gepredigt hatte, Theorie, die in sich zusammenfiel, wenn ich versuchte, sie in die Praxis umzusetzen?

Ich klopfte an die Tür zum Arbeitszimmer des Pfarrers. Er empfing mich freundlich. »Ich brauche Ihre Hilfe«, sagte ich. »Mein Glaube war zu klein, und nun werden Sie es tun müssen«, und ich erzählte ihm, was ich erlebt hatte.

Er sah mich entgeistert an und sagte: »Nein, das ist ein Bereich, den ich mich weigere zu betreten.«

»Aber wer soll es denn sonst tun? Sie sind der Hirte dieser Herde, und Sie haben die Verheißungen Gottes. Bitte lesen Sie Markus 16, 17.«

Er nahm seine Bibel und las: »Die Zeichen aber, die folgen werden denen, die da glauben, sind diese: in meinem Namen werden sie böse Geister austreiben.« Und Vers 20: »Sie aber zogen aus und predigten an allen Orten. Und der Herr wirkte mit ihnen und bekräftigte das Wort durch die mitfolgenden Zeichen.«

Der Pfarrer vergrub sein Gesicht in den Händen. Sein Lesen wurde zum Gebet, und ich konnte ihn flüstern hören: »Vergib mir, Herr, dass ich meine Pflicht versäumt habe.«

Große Freude ergriff mein Herz. Das war also der Grund gewesen, warum ich mit meinem Versuch scheitern musste. Dieser Hirte sollte etwas lernen, und Gott benutzte mich als sein Werkzeug.

Als ich abends abfuhr, war keine Dunkelheit in meinem Herzen, nur Dankbarkeit. Vieles verstand ich noch nicht, aber alles war in Ordnung.

Jesus ist der Sieger.

Zwei Tage später erhielt ich einen Brief aus dem Pfarrhaus. »Corrie, etwas Wunderbares ist geschehen. Als die Mutter und ihre Tochter über die Schwelle ihres Hauses traten, fuhr der Dämon aus dem Kind heraus. Heute Morgen kamen die beiden voller Lob und Dank für Gott, der es tatsächlich ernst gemeint hat mit den Verheißungen, die er uns in der Heiligen Schrift gegeben hat. Mein Mann möchte gerne wissen, ob Sie wiederkommen werden, und dann aber länger als nur drei Tage bleiben.«

Aber ich wusste, dass es nicht nötig sein würde. Jesus ist der Sieger, und er benutzt jeden, der bereit ist, ihm zu gehorchen.

Unbezahlbare Schulden

*Wir berauben das Werk Jesu Christi seiner Wirksamkeit,
und wir stehen machtlos vor dem Gegner,
weil wir die Aufrichtigkeit des Wortes Gottes
anzweifeln.*

Ein junger Pfarrer brachte mich zum Bahnhof. Ich erfahre
so viel durch Gespräche mit Menschen. Ich wünschte, dass
jeder, der das Evangelium verkündet, so viel reisen könnte
wie ich, denn es ist jeden Tag eine Quelle des Wissens, wenn
man so vielen Menschen begegnet. Sicherlich ist man nicht
mit allem einverstanden, was man hört, aber genauso wenig
ist man auch mit allem einverstanden, was man in Büchern
liest. Wenn man Fisch isst, nimmt man das Fleisch heraus
und legt die Gräten beiseite. Genauso ist es bei Gesprächen;
und man lernt viel dabei.

Es war ein gesegnetes Treffen gewesen. Der Geist Gottes war am Werk gewesen und ich fragte nun den Pfarrer,
ob er angesichts der Botschaft Bedenken hätte. Es gibt nicht
viele Menschen, die offen genug sind und die Botschaft
eines anderen kritisieren, aber es ist gerade diese ehrliche
Kritik, durch die wir am meisten lernen.

»Wenn Sie mich so direkt fragen«, erwiderte er, »dann
will ich Ihnen auch eine Antwort geben. Ich denke, dass
Ihre Botschaft gut war, aber ich mochte ihre Wortwahl

nicht. Sie sprachen über das Blut Jesu. Das ist ein Begriff, den ich eher den Sekten überlassen würde.«

Obwohl wir uns erst vor kurzem kennen gelernt hatten, fühlte ich mich dennoch frei genug, diesen jungen Mann zu korrigieren, und sagte: »Sie sind ja in schlechterer Gesellschaft als ich. Der Teufel hat eine große Abneigung gegen genau diesen Begriff; er hasst ihn noch mehr als Sie. Ich bin da in besserer Gesellschaft mit den Aposteln Paulus, Johannes und Petrus. Und wissen Sie, als ich mich in Ihrer Kirche umsah, dass ich viele entdeckte, die unter dem Fluch böser Mächte standen?«

»Nicht direkt unter einem Fluch!«, rief er aus, »viele aus meiner Gemeinde sind von bösen Geistern besessen. Es ist schrecklich, aber ich bin dagegen völlig machtlos.«

»Wäre es nicht möglich, dass Ihr Mangel an Macht unmittelbar davon kommt, dass Sie diese bedeutende Lehre der biblischen Botschaft unterdrücken? Wir lesen in Offenbarung 12, 11: ›Und sie haben ihn (den Teufel) überwunden durch des Lammes Blut.‹ Wir wollen fröhlich das Schwert des Heiligen Geistes nehmen, welches das Wort Gottes ist; und wir wollen nicht zulassen, dass unsere Stellung geschwächt wird, dadurch dass wir nur das verwenden, was uns in der Bibel schön und attraktiv erscheint, oder was wir auf der Grundlage der Vernunft akzeptieren können.«

Wir unterhielten uns noch lange; und als der Zug fertig zur Abfahrt war, sagte er lachend: »Vielleicht ist ja ein Körnchen Wahrheit an der Behauptung, dass die Sekten oftmals die unbezahlten Schulden der Kirche sind.«

Bermuda

»Wer in mir bleibt und ich in ihm, der bringt viel Frucht;
denn ohne mich könnt ihr nichts tun.«
Johannes 15,5

Auf Bermuda gab es eine Touristin, die ihren Urlaub nicht nur mit Ausruhen und Ausspannen verbrachte, sondern die dort auch das Evangelium verkündete. Es war eine äußerst gesegnete Zeit für sie, und nachdem sie in ihr Haus nach Jenkintown zurückgekehrt war, betete sie regelmäßig für die Menschen, die auf dieser wunderschönen Insel leben. Gemeinsam mit ihrer Gebetsgruppe betete sie darum, dass viele von ihnen das Evangelium annehmen würden.

Gibt es eine bessere Vorbereitung auf die Wiedergeburt als das einvernehmliche Gebet einer Gruppe von Menschen? Gibt es eine wichtigere Aufgabe als die Fürbitte?

Einmal besuchte ich diese Freundin, und sie bat mich, es einzurichten, eine Woche nach Bermuda zu kommen. Was die Zeit anging, so war noch Platz dafür in meinem Terminkalender. Aber ich hatte kein Geld für den Flug. Also bat ich den Herrn um seine Führung. Als klar wurde, dass er wollte, dass ich dorthin ging, schrieb ich sofort an meine Freundin nach Bermuda, dass ich kommen würde; die Sache mit dem Geld vertraute ich dem Herrn an. Innerhalb von zwei oder drei Tagen erhielt ich Schecks von verschiedenen Leuten, die allerdings nichts von der geplanten Reise wussten. Und ich hatte sogar genügend Geld für ein Rückflugticket.

Das Flugzeug näherte sich dem Land. Das graue Wasser unter uns wurde so blau, als ob ein riesiges Tintenfass ins Meer geschüttet worden wäre. Ich sah weiße Häuser und eine Menge Grün, als wir landeten, und überall herrlich bunte Blumen.

Welch ein wunderschönes Stückchen Land! Die untergehende Sonne ließ die vielen Farben noch leuchtender erscheinen.

Zollbeamte in weißen Uniformen durchsuchten unser Gepäck. Einer von ihnen sah in meine Papiere und sagte: »Miss ten Boom, ich werde mich so schnell wie möglich um Sie kümmern, denn unsere Gebetsgruppe erwartet Sie bereits. Wir werden gleich hinüber gehen.« Das war eine viel versprechende Begrüßung: vom Flughafen direkt zu einem Gebetstreffen! Es schien, als ob es eine Woche voller Aktivitäten würde.

Und das war es auch! In der Gebetsgruppe an diesem Abend zeigte sich, dass die Teilnehmer ein großes Interesse an der Frohen Botschaft hatten, und ich konnte ihren Wunsch spüren, mehr über das Evangelium zu hören.

Mein Terminkalender war mehr als voll. Ich hatte mindestens zwanzig Termine für Vorträge, und ich hatte kaum Zeit zur Vorbereitung zwischen den aufeinanderfolgenden Terminen. Ich konnte und wollte keine Einwände erheben, denn ich hatte darum gebeten, mir so viele Gelegenheiten wie möglich zu verschaffen, damit ich das Beste aus meinem Besuch machen konnte. Ich bekam viel zu wenig Schlaf, denn die Gespräche im Anschluss an die Vorträge dauerten oft bis spät in die Nacht. Manchmal konnte ich jedoch ein paar Minuten zwischen den Zusammenkünften schlafen.

Immer wenn ich redete, bat ich alle, die wollten und konnten, während des Treffens dafür zu beten, dass Gott mich zu einem offenen Kanal für sein Wort machte und dass sein Geist in den Herzen der Menschen wirkte. Auch durch die Gebete meiner Freunde in den Vereinigten Staaten fühlte ich mich unterstützt, die in Gedanken bei mir waren und viel von dieser Arbeit hier erwarteten.

Am allerersten Morgen kam ein junger Mann von der Presse, der mich interviewen wollte. Wir fanden eine Möglichkeit, gemeinsam zu beten, und er wurde ein wichtiger und treuer Helfer in der Arbeit. Er war bei allen zwanzig Veranstaltungen anwesend, und jeden Tag stand ein hervorragender und detaillierter Bericht meiner Botschaften in der Zeitung. Dadurch wurden meine Reden auch bei vielen Menschen bekannt, die an keiner der Veranstaltungen teilgenommen hatten, und dies wiederum bot Möglichkeiten für andere weniger offizielle Kontakte.

Die Arbeit war sehr vielfältig und führte mich von einer Kindergartengruppe mit den hübschesten farbigen Kindern zu einer anspruchsvollen Veranstaltung im Rotary Club, und von den Inselgefängnissen in die Kirchen. Und dazwischen gab es viele Gespräche, manche auf der Straße oder auch in Geschäften oder Büros.

Mein »Manager« fuhr mich auf den engen gewundenen Straßen von einem Ort zum nächsten. Auf Bermuda ist natürlich Linksverkehr, denn die Insel ist englisches Hoheitsgebiet; und die Autos dürfen nicht schneller als 20 Meilen pro Stunde (etwa 35 km/h) fahren. Aber auf dieser Insel ist genügend Zeit für alles.

Als sich das Auto unserem Ziel näherte, kam ein Farbiger auf uns zu und sagte: »Ich habe nicht gewusst, dass es unter den Weißen echte Kinder Gottes gibt, aber seit unserem Gebetstreffen weiß ich es besser.« Und dann fügte er hinzu: »Gott hat Sie bei Ihrer Arbeit mit den geistig Behinderten in Holland gut geschult. Nun sprechen Sie so einfach, dass wir alle Sie verstehen können.« Ich hatte Gott schon oft für diese Erfahrung gedankt, aber es überraschte mich, dass dieser Mann die Bedeutung dieser Arbeit so schnell erkannt hatte.

Meine Rede im Rotary Club wurde im Radio übertragen, und ich machte der Presse ein großes Kompliment. Ich sagte: »Ich habe in den Zeitungen schon oft den größten Unsinn über mich gelesen. Einmal zum Beispiel las ich, dass ich fünfunddreißigtausend Gefangene in Deutschland befreit hätte. Hier auf Bermuda ist die Presse aber ausgezeichnet. Die wichtigsten Punkte meiner Vorträge sind völlig korrekt wiedergegeben. Ich bin schon viel herumgekommen, aber noch nirgends waren die Zeitungsberichte so gut wie hier.«

Am folgenden Tag verkündete die Schlagzeile auf der ersten Seite der Tageszeitung in großen Buchstaben: »Corrie ten Boom sagt, dass Bermuda die besten Reporter der Welt hat.« Aber das Schöne daran war, dass sie sich nun noch mehr Mühe gaben als zuvor, mir eine gute Publicity zu geben.

So wirkte alles zusammen zum Guten. Gottes Geist war eifrig am Werk in den Herzen der Menschen. Die Botschaften, die den größten Eindruck auf sie machten, waren: dass das Problem der Sünde am Kreuz erledigt worden ist; und dass unser Kampf ein Kampf des Glaubens ist, durch den wir den Sieg Christi sehen werden.

Es war ein großes Privileg, diese Frohe Botschaft auch in den Gefängnissen verkünden zu dürfen. Unter den Gefangenen passierte etwas. Als ich das erste Mal gesprochen hatte, stand ein Mann auf und sagte: »Kommen Sie wieder. Wir verstehen Sie und hören sehr gerne die Dinge, die Sie uns erzählen. Bitte kommen Sie wieder. Wir sind nicht so schlecht, wie manche Leute glauben.« Ich durfte mehrmals dort sprechen, und die Gefangenen durften auch meine vier Radioansprachen hören. Auf diese Weise lernten wir uns schnell kennen. Als ich sie zum letzten Mal besuchte, stand einer von ihnen auf und bat: »Dürfen wir das Lied singen ›Gerade so wie ich bin, oh Lamm Gottes, komme ich zu dir‹?« »Ja, sicher«, erwiderte ich, »aber nur die, die wirklich zum Heiland kommen wollen, zum ersten Mal oder erneut.« Solange ich lebe, werde ich die Gesichter dieser Männer nicht vergessen, wie sie sangen, zutiefst bewegt, ernsthaft und doch freudig: »Oh Lamm Gottes, ich komme zu dir«. Vor dem zweiten Vers sagte ich: »Und nun singen nur die, die die Fülle von Gottes Geist haben wollen.« Und danach: »Nun singt es als Zeugnis für euren Nachbarn.«

Anschließend kam ein ziemlich brutal aussehender Mann mit unrasiertem Gesicht auf mich zu und schenkte mir ein Zedernholzkästchen. Er hatte monatelang daran gearbeitet. Ein anderer Gefangener drückte mir die Hand und sagte: »Ich bin ein Kind Gottes.«

Der Wärter erzählte mir, dass die Männer den ganzen Tag darüber sprachen, was sie gehört hatten.

Nach diesem Besuch fand noch eine Abschlussveranstaltung in der Kirche statt. Meine erste Ansprache hatte ich am Sonntag davor vor einer Handvoll Menschen in einem Kellerraum gehalten. Jetzt war die Kirche gefüllt mit Weißen und Farbigen, etwas, was auf Bermuda sehr ungewöhnlich zu sein scheint. Die farbigen Schwestern und Brüder konnten ihre Freude nicht zurückhalten. Ihre »Halleluja« und »Preiset den Herrn« schallten durch die ganze Kirche. Am Ende sagte ich das gleiche Lied an, das die Gefangenen gesungen hatten: »Gerade so wie ich bin, oh Lamm Gottes, komme ich zu dir.« Ich erzählte der Gemeinde, was im Gefängnis geschehen war, und fügte hinzu: »Wer dieses Lied nicht von ganzem Herzen singt, dem werden die Gefangenen im Reich Gottes vorausgehen.« Ich wusste, dass die Gefangenen zuhörten, denn diese Abschlussveranstaltung wurde ebenfalls übertragen. Und was für eine Veranstaltung war das!

Danach kam eine weiße Frau auf mich zu und sagte: »Glauben Sie, dass dies der Beginn der Erweckung ist, für die wir so lange gebetet haben?«

Bermuda, eine Insel mit großer Schönheit der Natur, überall Farben! Tief blaues Wasser, Bäume mit strahlend bunten Knospen, Felder voller Lilien, weiße Häuser. Bermuda, eine Insel mit freundlichen Menschen. Einige von ihnen hatten mich in ein Geschäft mitgenommen und sagten: »Und nun müssen Sie etwas für sich selbst kaufen. Dieses Geld muss für etwas Persönliches ausgegeben werden. Wir werden nicht erlauben, dass Sie es für Ihre Arbeit in Europa verwenden.« Und dann diskutierten sie, was wohl schön genug für mich sei.

Plötzlich schoss mir ein Bild aus der Vergangenheit in den Kopf. Als verachtete Gefangene in Scheveningen wurde mir nicht der Luxus gewährt, den Läufer im Flur zu betreten. Er war zu gut für mich, obwohl es nur eine einfache Kokosmatte war; ich musste nebenher gehen. Graues, farbloses Gefängnis! Wollte Gott gerade mir hier etwas

Gutes tun, mit der Freude an den bunten, leuchtenden Farben auf dieser paradiesischen und majestätischen Insel weit weg mitten im Ozean, und mit der Liebe dieser warmherzigen Inselbewohner?

Was war das glücklichste Erlebnis dieser gesegneten Woche? Nur das: das Privileg, den großen Reichtum von Gottes Wort an Menschen verteilen zu dürfen, die nicht müde werden es zu hören, an Menschen, die nach dem Evangelium hungern und niemals satt werden; vom frühen Morgen bis spät in die Nacht von Gottes Verheißungen sprechen zu dürfen, die größer und wirklicher sind als unsere Probleme; von der Liebe zu sprechen, die Gott von uns fordert, aber die er selbst uns schenkt. Und ich betete: »Oh Herr, lass mich noch mehr solcher Erfahrungen wie diese hier machen. Ich werde gehorsam überall dort arbeiten, wohin du mich berufst; aber berufe mich an Orte, wo die Menschen so hungrig nach dem Evangelium sind wie auf Bermuda, und wo ich so großzügig deinen großen Reichtum verteilen darf. Es ist so wunderbar, anderen in solchem Überfluss von dir zu erzählen. Oh Herr, wer bin ich, dass ich so bevorzugt wurde? Danke Vater, für diese acht Tage; die schönsten Tage meiner vier Jahre des Reisens.«

Und dann kam Cleveland. Ich wohnte bei lieben Freunden, aber ich hatte nicht viel Gelegenheit, in ihrer Kirche zu sprechen: eine Abendveranstaltung, spärlich besucht; und dann durfte ich eine Viertelstunde vor den Kindern in der Sonntagsschule reden. Und ich war so unzufrieden. Nur eine Sonntagsschule! Nein, verglichen hiermit wusste Bermuda Corrie ten Boom zu schätzen.

Welch ein Erfolg für den Teufel! Stellen Sie sich das nur einmal vor! Der Herr Jesus blieb die halbe Nacht auf für einen einzigen Mann, Nikodemus, und er hielt es für wichtig genug, diesem einen Mann den schönsten Teil des Evangeliums zu erklären. Lesen Sie Johannes 3! Aber ich hielt es nicht für wichtig, das Wort Gottes einer Gruppe von Kindern zu predigen, Kindern, die ihr ganzes Leben noch vor sich hatten, Kindern, deren Wurzeln noch nicht so tief in der Erde verankert sind wie die der Erwachsenen. Junge Setzlinge können so viel leichter verbogen werden als alte Baumstämme. Aber der Stolz hatte den Weg in mein Herz gefunden. Und von da an ging alles schief – und auch wenn ein Weg am Anfang nur ein klein bisschen abweicht, wird er am Ende weit weg von seinem Ziel sein.

Die nächste Station war Chicago, aber ich hatte keine Nachricht zur Bestätigung meiner Termine erhalten. Also beschloss ich, ohne auf eine Führung zu warten, dass ich genauso gut einen Tag später fahren konnte. Dann kamen noch einige unerwartete Gelegenheiten, in Cleveland zu sprechen, und so schickte ich ein Telegramm nach Chicago, dass ich zwei Tage später kommen würde.

Ein Bekannter wartete am Bahnhof in Chicago, als ich ankam.

»Warum bist du nicht wie verabredet gekommen?«, war seine erste Frage. »du hast zwei wichtige Termine verpasst.«

Erstaunt und auch ein bisschen verärgert antwortete ich: »Warum habt Ihr mir nicht geschrieben und unsere Termine bestätigt?«

»Das konnten wir nicht; du hast vergessen, uns deine Adresse in Cleveland zu schicken.«

Ich schämte mich ja so!

In Chicago ging alles mehr und mehr schief. Ich verpasste Anschlüsse und schien jedes Mal das Falsche zu tun.

Ich war froh, als es Zeit für mich wurde, nach Holland, Michigan, abzureisen.

Am ersten Abend mit meinen Freunden redeten wir und redeten.

»Wie war Bermuda?«

»Oh, wunderbar! Was für ein Ort! So freundliche Menschen! Und sie waren so hungrig nach dem Wort Gottes! Es ist so herrlich dort, ganze Felder mit Lilien, blühende Bäume, das tief blaue Meer –!«

»Und wie war Cleveland?«

»Ach, nichts Besonderes.« Und schnell begann ich wieder von Bermuda zu reden.

»Und Chicago?«

»Ein schrecklicher Platz im Sommer. Drückend heiß, am Tag und auch in der Nacht. Nein, ich ziehe Bermuda vor.«

An diesem Abend hatte ich ein langes Gespräch mit dem Herrn. Ich hatte oft zu den Leuten gesagt: »Wenn in deiner Vergangenheit irgendwo ein Schatten ist, an den du nicht erinnert werden möchtest, bleib, wo du bist und bringe es im Gebet vor Gott. Bitte ihn, deine Schritte mit dir zurückzuverfolgen bis zu diesem dunklen Punkt, denn ›das Blut Jesu, seines Sohnes, macht uns rein von aller Sünde‹, und seine Gegenwart verwandelt Dunkelheit in Licht.« Nun war ich an der Reihe, diesen Grundsatz in die Tat umzusetzen, und ich betete: »Herr, geh mit mir zurück nach Chicago und Cleveland. Was war dort falsch?«

Die Antwort war eindeutig: »Cleveland und Chicago, das war Corrie ten Boom ohne mich. Bermuda, das war Corrie mit mir.«

Nun konnte ich es sehen. Welch ein Privileg ist es, die Dinge zu sehen, wie sie wirklich sind! Ja, die Realität unse-

rer eigenen Sünden, der Unwürdigkeit, und der Unzulänglichkeit – aber im Licht des Sieges Christi.

»Ohne mich könnt ihr nichts tun«, sagte der Herr. »Ich
vermag alles durch den, der mich mächtig macht«, sagte
Paulus (Phil 4, 13).

Ohne ihn bringt der Weinstock keine Frucht, aber mit
ihm bringt er viel Frucht, sogar hundertfach.

Finanzen

Sein ist das Gold und das Silber der ganzen Erde,
das Vieh auf tausend Hügeln.

Während meiner ersten Reisen in die Vereinigten Staaten sprach ich gelegentlich über die Not in Holland und Deutschland, erzählte von unserer Arbeit dort und bat dann die Leute, unsere Arbeit finanziell zu unterstützen.

Im Allgemeinen sind Amerikaner sehr freigebig. Die vielen Pakete, die sie an die mit Armut geschlagenen Länder in Europa während der ersten Nachkriegsjahre geschickt haben, sind ein Beweis für diese Freigebigkeit; und diese Pakete kamen in den meisten Fällen nicht von den wohlhabenden Leuten. Ich habe oft zugesehen, wenn amerikanische Hausfrauen solche Pakete gepackt haben. Jedes Mal, wenn sie einkaufen gingen, haben sie etwas für Europa gekauft, und diese Einkäufe wurden beiseite gelegt. Ich frage mich, ob sie wohl ihren »Zehnten« dafür verwendeten. Viele Christen legen ein Zehntel ihres Einkommens zurück für die Arbeit für Gott, und selbst in Zeiten, wenn das Geld knapp ist, behalten sie diese Regelung bei.

Es ist keine leichte Arbeit, diese Pakete zu packen! Viele Formulare müssen ausgefüllt werden; und das Gewicht und die Maße der Pakete müssen gewisse Anforderungen erfüllen. Erst dann wird das Paket zur Post gebracht.

»Ein Glück, das Paket ist weg! Und ich bin so froh, dass es nicht zu schwer war!«, ruft die erschöpfte Hausfrau. Und dann machen sie weiter – wie oft habe ich sie sagen hören: »Aber ich bin so froh, dass ich etwas für die Menschen in Europa tun kann, die unter solch schwierigen Umständen leben.«

Es war wirklich keine leichte Sache. In der Regel haben amerikanische Hausfrauen kein leichtes Leben. Sie sind oft berufstätig, um noch zusätzlich Geld zu verdienen, und ihre Abende verbringen sie oft mit endlosen kirchlichen oder sozialen Zusammenkünften. Viele Europäer glauben, dass alle Amerikaner wohlhabend seien, aber das stimmt nicht. Im Allgemeinen müssen sie genauso hart arbeiten wie die Menschen überall auf der Welt, um sich über Wasser zu halten.

Amerikaner finden es nicht ungewöhnlich, wenn sie von einem europäischen Redner um eine Spende für die Arbeit dort gebeten werden, aber ich hatte manchmal das Gefühl, dass damit irgendetwas nicht stimmte.

Ich hatte über die Not in den Niederlanden und in Deutschland gesprochen, und nach der Versammlung kam eine feine, gut angezogene Frau auf mich zu und wollte mir einen Geldbetrag für die Arbeit in diesen Ländern geben.

»Es war so interessant, von Ihrer Arbeit zu erfahren«, sagte sie.

»Und was hielten Sie von den anderen Dingen, über die ich gesprochen habe? Fanden Sie die auch wichtig?«, hakte ich nach. »Sicher ist es auch eine gute Sache, Geld für evangelistische Arbeit zu spenden, aber heute habe ich auch über die Bekehrung gesprochen. Gott will nicht nur ein wenig von unserem Geld, er will unser Herz. Weil er Sie so sehr liebt, will er Sie ganz besitzen. Der Herr Jesus will, dass Sie zu ihm kommen, mit all Ihren Sorgen, mit all Ihren Sünden, mit all Ihrer Unruhe aus der Vergangenheit, mit all Ihren Zukunftsängsten. Er sagt: ›Ich will euch erquicken.‹ Legen Sie Ihr ganzes Leben in seine Hände. Dann werden Sie verstehen, dass sein Joch sanft und seine Last leicht ist, und dann wird seine Freude Ihr Herz erfüllen; denn es ist seine Absicht, dass ›seine Freude in euch bleibe und eure Freude vollkommen werde‹« (Joh 15, 11).

Während ich sprach, bekamen ihre Augen einen hochmütigen Ausdruck. Ohne einen Kommentar auf meine Bemerkung verabschiedete sie sich kühl.

Als ich in mein Zimmer zurückkam, blickte ich traurig auf das Geld, das sie mir gegeben hatte. War es vielleicht ein Fehler, von seiner eigenen Arbeit zu sprechen, und gleichzeitig von der Notwendigkeit der Bekehrung? Als ich darüber betete, war die Antwort klar: »Von nun an darfst du niemals wieder um Geld bitten.«

Große Freude erfüllte mein Herz und ich betete: »Himmlischer Vater, du weißt, dass ich mehr Geld denn je benötige, nicht nur für die Reisekosten und für das Haus in Holland, sondern auch für das Lager in Deutschland. Aber von nun an wird die kleine Evangelisationsarbeit der ›ten Boom Stiftung‹ auf der gleichen Basis durchgeführt wie die große Missionsarbeit von Hudson Taylor. Ich weiß, dass du uns niemals im Stich lassen wirst.«

An diesem Tag erhielt ich zwei Briefe. Einer war von einer Frau aus der Schweiz. »Corrie, Gott sagte mir, dass du von nun an nie wieder um Geld bitten darfst«, schrieb sie. Der andere Brief kam von meiner Schwester in Holland. Sie schrieb: »Als ich heute Morgen für deine Arbeit betete, machte Gott mir unmissverständlich klar, dass du

niemanden mehr um finanzielle Unterstützung bitten solltest. Er wird für alles sorgen.«

Ich musste an die Nacht im Konzentrationslager denken, als meine Schwester Bep und ich über unsere Pläne gesprochen hatten. »Corrie, wir sollten niemals unsere Kraft
mit dem Sammeln von Geld verschwenden. Gott wird für
alles sorgen, was wir brauchen.«

Und nun diese erneute Aufforderung, in der Schweiz
an meine Freundin, in Holland an meine Schwester, und
hier in den Vereinigten Staaten an mich. Gott nimmt sein
Verbot, um Geld zu bitten, ernst, genauso wie er es ernst
meint, dass er für uns sorgen und uns beschützen will.
Er will und kann mit seinen Reichtümern für alle unsere
Bedürfnisse sorgen; wir dürfen uns auf diese Verheißung
hundertprozentig verlassen.

Die Wiederkunft

»Danach werden wir, die wir leben und übrigbleiben,
zugleich mit ihnen entrückt werden auf den Wolken
in die Luft, dem Herrn entgegen; und so werden wir bei
dem Herrn sein allezeit.«
1. Thessalonicher 4,17

Wir saßen in einem Park im Schatten eines großen Baumes. In dem prächtigen Haus hinter uns wurde eine Tagung abgehalten, aber heute war das Wetter so schön, dass wir unsere Zusammenkunft im Park durchführen konnten. Der Blick auf den Teich mit einem dichten Wald im Hintergrund war wunderschön.

Unser Treffen war diesmal nicht offiziell.

Ich hatte mehrmals in meinen Vorträgen die Wiederkunft des Herrn Jesus erwähnt, und viele der Zuhörer hatten den Wunsch geäußert, mehr darüber zu hören. Also hatte ich ihnen angeboten, ihnen zwischen den Vorträgen zu erzählen, was ich darüber wusste.

Ich begann mit einem Beispiel: »Eine Telefonistin wurde jeden Tag von derselben Person angerufen und nach der Zeit gefragt. Nach einigen Monaten fragte sie den Anrufer nach dem Grund für diesen täglichen Anruf. ›Um exakt zwölf Uhr muss ich ein Pfeifsignal geben‹, sagte der Mann. Etwas verwirrt antwortete das Mädchen: ›Und ich stelle immer meine Uhr nach genau diesem Pfeifsignal.‹«

Das ist die Welt von heute. Kein Fundament, keine Sicherheit, keine sichere objektive Norm.

Die Bibel jedoch ist unsere Normzeit.

»Gebt mir einen Platz außerhalb der Erde, auf dem ich meinen Hebel legen kann, und ich werde die Welt antreiben«, sagte Archimedes.

Wir besitzen diesen »Archimedischen Angelpunkt« in dem Wort Gottes.

Der große Segen unserer Zeit ist, dass die Welt sich der Tatsache bewusst ist, dass sie bankrott ist. Die weit verbreitete Zufriedenheit der Mittelklasse, die der Welt vor etwa vierzig Jahren ihren falschen Sinn für Sicherheit gab, ist verschwunden. Dies sind die Tage, in denen die Trompete jedes Christen keinen unsicheren Ton spielen darf.

Die Welt beschwert sich, dass es keine Zukunft mehr gibt. Aber wir finden in der Bibel, dass etwa jeder fünfundzwanzigste Text von der sicheren Zukunft des Königreichs Gottes und dem Kommen seines Sohnes spricht. Es gibt keinen, der sein Kommen so sehr fürchtet wie der Teufel; und es war ein Sieg des Teufels, dass die große Beruhigung, die die Bibel uns garantiert, zu einem Thema der theologischen Kontroverse verwandelt wurde.

Jesus selbst, Paulus, Petrus und Johannes sagen alle unmissverständlich, dass es einen Zeitpunkt gibt, an dem Jesus wiederkehren wird. Dieses bedeutungsvolle Ereignis wird so großartig für die sein, die zu ihm gehören, dass geschrieben steht: »So tröstet euch mit diesen Worten untereinander.« Dann werden sie für immer beim Herrn sein. Diejenigen, die ihn nicht lieben, wird das Gericht und die Pein erwarten. Es steht ganz deutlich geschrieben: »Darum ermahnt euch untereinander.«

Es wird Zeichen der Zeit geben, auf die wir achten müssen. Zu denen, die nicht zu ihm gehören, wird Jesus kommen »wie ein Dieb in der Nacht«, aber die Kinder Gottes leben »nicht in der Finsternis, dass der Tag wie ein Dieb über sie komme« (1. Thess 5, 2, 4).

Eines der bedeutendsten Zeichen der Zeit ist die Rückkehr der Juden ins Land Israel. Friedrich der Große von Preußen hat einmal gesagt: »Wenn man wissen will, wie spät es auf der Uhr der Weltgeschichte ist, muss man nur die Juden beobachten.«

Unser Glaubensbekenntnis spricht von der Wiederkunft Christi nur als von dem Gericht über die Lebenden und die Toten. Für die, die in Christus sind, wird dieses Gericht der herrliche Augenblick sein, in dem sie als die Erlösten offenbart werden.

Für die Welt bedeutet die Wiederkunft Christi das Ende der Herrschaft Satans über die Welt, das Ende der Herrschaft des Fürsten dieser Welt. Für Jesus bedeutet die Wiederkunft, dass er sein Erbe in Besitz nimmt. Es wird eine Invasion durch den Eigentümer selbst sein, der versprochen hat: »Siehe, ich mache alles neu« (Offb 21, 5). Dann »wird die Erde voll werden von Erkenntnis der Ehre des Herrn, wie Wasser das Meer bedeckt« (Hab 2, 14). Darum beten die, die sein Erscheinen lieben, mit Johannes »Amen, ja, komm, Herr Jesus!« (Offb 22, 20).

»Aber ich verstehe nichts von alledem, was ich hier höre«, sagte eine junge Frau. Die anderen Zuhörer gaben ebenfalls zu, dass dies für sie ein unbekanntes Gebiet war. Und doch wurde diese Tagung nicht für kirchenfremde Laien organisiert. Alle diese Leute nahmen an der Tagung teil, weil sie mehr oder weniger über die Methoden diskutieren und geschult werden wollten, wie man das Evangelium in seiner eigenen Nachbarschaft verkündet. Für diese überzeugten Christen war die Wiederkunft Christi ein völlig fremdes Terrain.

»Doch wenn der Menschensohn kommen wird, meinst du, er werde Glauben finden auf Erden?« (Lk 18, 8).

Zwei kleine Mädchen

Die Bibel ist kein eingefrorenes Bankkonto.

Eine Mutter, die ich besuchte, brachte zwei kleine Mädchen von etwa zehn Jahren zu mir. Eines der Mädchen war ihre eigene Tochter, das andere war ihr Pflegekind.

»Würden Sie ihnen bitte erzählen, wie sie Kinder Gottes werden können?«, fragte sie. »Beide gehen in die Sonntagsschule; sie wissen etwas von der Bibel, aber immer wieder fragen sie mich: ›Wie kann ich ein Kind Gottes werden?‹ Ich weiß nicht, wie ich es ihnen erklären soll.«

Wir waren in einem Dorf hoch in den Schweizer Bergen. Das kleine Haus lag am Rande des Dorfes, und es bot einen herrlichen Blick auf die Alpen.

Ich betete zu Gott um Weisheit. Wir haben die Verheißung in Jakobus 1,5: »Wenn es aber jemandem unter euch an Weisheit mangelt, so bitte er Gott, der jedermann gern gibt.« Gottes Verheißungen sind wahr. Ich stelle mir vor, dass Gott sich freut, wenn wir ihn auf seine Verheißungen ansprechen; er weiß dann, dass wir glauben.

Ich setzte mich mit den beiden Mädchen auf eine Bank vor dem Haus. »Seht«, sagte ich, »stellt euch einmal vor, dass ich euch adoptieren wollte. Das wäre nicht leicht. Zunächst einmal müsste ich eine Menge Formulare ausfüllen. Es würde lange dauern, bis alles erledigt wäre. Aber selbst wenn alle Formulare korrekt ausgefüllt wären, würde ich immer noch nicht sagen: ›Alles ist arrangiert, nun seid ihr meine Kinder.‹ Nein, ich würde warten, bis ich wüsste, dass ihr mich ein wenig lieb hättet, dann erst würde ich euch eines Tages fragen: ›Wollt ihr meine Kinder werden?‹ Wenn ihr dann antwortet: ›Ja, bitte, denn ich habe dich lieb‹, dann erst würde ich sagen: ›Dann ist alles vorbereitet. Hier sind die Papiere. Sie waren schon lange fertig, aber ich habe gewartet, bis ihr selbst mir sagt, dass ihr mich lieb habt und meine Kinder sein möchtet.‹«

»Und genauso hat der Herr Jesus vor langer Zeit am Kreuz alles Notwendige erledigt. Alles, was nötig war, um aus euch ein Kind Gottes zu machen, wurde vor vielen Jahrhunderten auf Golgatha getan, als Jesus für eure Sünden starb. Und nun fragt er euch – und ich darf es in seinem Namen tun – ›Wollt ihr ein Kind Gottes werden?‹«

»Wenn ihr sagt: ›Ja, bitte, Herr, denn ich hab dich lieb‹, dann wird er sagen: ›Es ist alles vorbereitet; ich habe lange auf diese Antwort gewartet; nun bist du mein Kind.‹ Wollt ihr jetzt dem Herrn Jesus die Antwort geben?«

Beide knieten spontan nieder, und in ihrem lustig klingenden Schweizer-Deutsch sagten sie Ja zum Herrn; und die Engel im Himmel jubelten.

Ihre Gesichter leuchteten vor Freude, und sie waren viel schöner als die Berge am Horizont. Die Sonne war untergegangen, aber das »Alpenglühen« verwandelte die Welt in ein bisschen Himmel. Einige Zeit unterhielten wir drei uns noch über die Welt der Reichtümer, die die beiden Mädchen nun betreten hatten.

Kinder Gottes.

Wieder einmal sah ich vor mir Berge im leuchtenden Abendhimmel. Aber jetzt war ich auf der anderen Seite der

Erde. Ich nahm an einem Studententreffen im Staat Washington an der Westküste der Vereinigten Staaten teil. Wir saßen um ein Lagerfeuer herum und brieten Würstchen. Wir spießten die Würstchen auf angespitzte Stöcke und brieten sie über dem offenen Feuer.

Unsere Unterhaltung drehte sich um Bekehrung. Ein Junge fragte: »Wie kommen Sie selbst an den Punkt, wo Sie bekehrt werden wollen? Was machen Sie, um das herbeizuführen? Sie sprechen, als wenn es so einfach wäre, ein Kind Gottes zu werden.«

Waren es die Berge in der Ferne, die mich plötzlich an die beiden Mädchen in der Schweiz erinnerten? Ich erzählte den Studenten von meinem Erlebnis, aber einer von ihnen sagte: »Ich habe vor vielen Jahren Ja zum Herrn gesagt; was meinen Sie, ist der Grund, dass ich mich seitdem wieder so sehr zurückentwickelt habe? Ich bezweifle manchmal, dass ich es damals wirklich ernst gemeint habe.«

Ein groß gewachsener Medizinstudent antwortete ihm: »Es war einmal ein Junge, der aus dem Bett gefallen war. Seine Mutter fragte ihn, wie das passieren konnte, und er antwortete: ›Mama, es ist passiert, weil ich zu nahe von da eingeschlafen bin, wo ich eingestiegen bin.‹ Und genau das passiert vielen Christen. Wenn sie sich bekehren, dann meinen sie, sie hätten schon das Ziel erreicht. Wenn jemand sich bekehrt und Ja zu Jesus sagt, bedeutet das nicht das Ende einer Erfahrung, es ist erst der Anfang. Es ist, als ob jemand durch ein Tor gegangen wäre, das Tor der Bekehrung. Wenn man in das Himmelreich durch dieses Tor tritt, bedeutet das, man betritt eine Welt der Reichtümer. Alle Verheißungen in der Bibel werden dein Eigentum. Aber du musst lernen, dich in dieser Welt der Reichtümer zurechtzufinden. Du musst herausfinden, was es bedeutet: ›Denn auf alle Gottesverheißungen ist in ihm das Ja; darum sprechen wir auch durch ihn das Amen‹ (2. Kor 1, 20). Du musst herausfinden, wie reich du bist. Wenn du glaubst, Bekehrung heißt, dass du am Ende deines Lebensweges angekommen bist, dann wirst du herausfallen, denn dann bist du zu nahe von da eingeschlafen, wo du eingestiegen bist.«

Ich fügte noch hinzu: »In dem Augenblick, wo jemand bekehrt wird, wird er im Himmel als einer registriert, der alle Rechte und Privilegien verdient hat, die aus ihm einen geistlichen Multimillionär machen, wie es in Epheser 1, 3 steht: ›Der uns gesegnet hat mit allem geistlichen Segen im Himmel durch Christus.‹«

»Die Bibel ist wie ein Scheckbuch. Als du Ja zu Jesus Christus gesagt hast, wurden im selben Augenblick viele Verheißungen deinem Konto gutgeschrieben, und zwar vom Herrn Jesus selbst. Aber nun musst du deine Schecks einlösen, um aus ihnen deinen Nutzen zu ziehen. Wenn du auf eine solche Verheißung stößt und sagst: ›Danke, Herr, ich nehme sie an‹, dann hast du einen Scheck eingelöst, und am gleichen Tag noch wirst du reicher sein als am Tag zuvor.«

»Wir wollen singen«, schlug ein Student vor. Von den Bergen hallte unser Lied zurück: »Jeder Tag mit Jesus ist besser als der Tag zuvor.« Ein Student bemerkte: »Das ist wirklich wahr, zumindest wenn du jeden Tag wenigstens einen Scheck einlöst.«

Die Kinder des Lichts sollen nicht im Dunkeln wandeln

Feuerwehrmänner, die Bilder in einem brennenden Haus gerade hängen.

Ich sprach an einer amerikanischen Universität über das Thema Verkündigung.

»Wenn ich bei Ihnen zu Hause die Bilder an den Wänden gerade hänge, begehe ich keine Sünde, oder? Aber stellen Sie sich vor, Ihr Haus steht in Flammen, und ich würde in aller Ruhe weitermachen, Ihre Bilder gerade zu hängen, was würden Sie dann sagen? Würden Sie mich einfach für dumm halten oder sehr bösartig? Sie würden sicher sagen, ich bin nicht nur dumm, sondern auch bösartig.

Die Welt von heute steht in Flammen. Was tun Sie, um das Feuer zu löschen? Bleiben Sie in Ihrem Arbeitszimmer sitzen und brüten über theologischen Konzepten? Trainieren Sie für ein Tennisturnier? Diese Dinge sind für sich genommen gut; aber was tun Sie, um das Feuer zu löschen? Ihre kommunistischen Brüder bauen fleißig Zellen. Was tun Sie?

Ein Kommunist hat einmal geschrieben: ›Die Einzigen, die der Welt in der gegenwärtigen Situation helfen können, sind die Christen; aber sie wissen es nicht.‹

Verstehen Sie nicht? Hat Jesus nicht gesagt: ›Ihr seid das Salz der Erde, das Licht der Welt‹?«

Die Kinder des Lichts!

Am nächsten Morgen spazierte ich mit einer hübschen Studentin durch den Garten des herrlichen Campus. »Sag mir«, fragte ich, »was tust du, um das Evangelium unter deine Mitstudenten zu bringen?«

Ihr hübsches Gesicht verdunkelte sich, als sie antwortete: »Ich fühle mich heute Morgen sehr schuldig. Ich sehe mich plötzlich ganz deutlich als Feuerwehrmann, der herumläuft und die Bilder gerade hängt, während das Haus in Flammen steht. Ich bin sehr selbstbewusst. Ich habe Jesus mein Herz übergeben und ich weiß, dass ich ein Kind Gottes bin. Aber da ist immer noch ein Teil von meinem scheuen zurückgezogenen Ich, das hinter einer Mauer tief in mir drin lebt, und ich werde wütend auf jeden, der sich dieser Mauer nähert. Ich habe immer geglaubt, dass ich ein Recht auf mein eigenes Leben hätte. Neulich habe ich mein Zeugnis bei unserem Club-Treffen abgelegt, und alle haben mir gesagt, ich hätte eine gute Aussprache, einen guten Stil und auch eine geeignete Stimme. Daher weiß ich, dass ich vor Menschen reden kann. Aber wenn ich das tue, können die Menschen über die Mauer sehen, und das will ich nicht.«

»Jeannie, nur wenn wir mit Christus gekreuzigt sind, können wir an der Freude seiner Auferstehung teilhaben. Das klingt schlimm, aber es ist ein Verlust, der sich als großer Gewinn erweist. ›Wer sein Leben um Christi willen verliert, der wird es gewinnen.‹ Dann wirst du herausfinden, dass sein Joch sanft und seine Last leicht ist. Es ist wenig Zeit. Auf alle Ewigkeit verloren zu sein ist schrecklich, und benutzt zu werden, um andere zu retten, ist solch eine wunderbare Erfahrung.«

Die Menschen sollten sehen, dass wir Diener Christi sind, denen die Verwaltung der Geheimnisse Gottes anvertraut wurde. Letztendlich ist die einzige Anforderung für solche Verwalter, dass sie »für treu befunden« werden. (1. Kor 4, 1-2).

Vielerorts in den Vereinigten Staaten werden regelmäßig Gebetstreffen veranstaltet zu dem besonderen Zweck, um für eine Wiedergeburt zu beten. Das Privileg, bei solchen Treffen mit diesen Menschen sprechen zu dürfen, die nicht nur dankbar dafür sind, dass sie selbst erlöst sind, sondern die auch ihre Liebe und ihr Mitgefühl einer in Sünde verlorenen Welt entgegenbringen, ist immer ein Höhepunkt in meinem Leben. Ich fühle mich zu Hause bei Menschen, die sehen, wo die einzige Lösung wirklich zu finden ist.

Aber abgesehen vom Gebet gibt es noch eine weitere Grundvoraussetzung für die Wiedergeburt. Diejenigen, denen es damit wirklich ernst ist, müssen auch eine persönliche und vollkommene Bereitschaft haben, sich mit ganzem Herzen für die Sache des Evangeliums zu engagieren. Alles muss auf den Altar gelegt werden.

Während einer Konferenz in der Schweiz hörte ich einmal eine Predigt von Reverend Oswald Smith. Das Folgende hinterließ einen tiefen Eindruck bei mir.

Er hielt vier Bücher in der Hand und fragte: »Liegt wirklich alles auf dem Altar? Haben Sie Ihr Leben um Christi willen verloren, Ihr Geld, Ihre Zeit, Ihre Familie, Ihr Heim?«

Er legte die vier Bücher auf den Tisch, »Dies ist mein Geld; dies meine Zeit, dies meine Familie, dies mein Heim. Ja, mein Geld, alles ... außer einem kleinen Sparkonto, auf dem ich für meinen Urlaub etwas Geld zurücklege.«

»Also, nicht all mein Geld.« Und er nahm ein Buch vom Tisch.

»Mein Heim. Ja … außer, dass ich nicht die Kinder meiner kranken Schwester nehmen kann. Sie sind so unerzogen, dass ich sie nicht als Gäste in meinem Haus ertragen kann.«

»Also, nicht mein Haus.« Und er nahm das zweite Buch vom Tisch.

»Meine Zeit? Ja, sie gehört ganz dem Herrn. Aber meine zwei Wochen Urlaub? Ich habe ein Recht darauf, und ich habe auch schon ein Hotelzimmer reserviert.«

»Also, nicht meine Zeit.« Ein drittes Buch verschwand.

»Meine Familie – Ja … aber ich habe meiner Tochter nicht erlaubt, das zu werden, was sie unbedingt sein will, Missionarin. Wir sind eine große Familie, und sie muss zu Hause bleiben, um ihrer Mutter zu helfen.«

»Also, nicht meine Familie.« Er nahm das vierte Buch. Der Altar war leer.

Ich verließ den Konferenzsaal und ging hinaus, um allein spazieren zu gehen. Ich erforschte mein Herz. Lag alles in meinem Leben auf dem Altar? Ich war tief berührt. Ich verstand sehr gut, was Oswald Smith meinte. Es war nicht eine Frage, ob Gott seinen Kindern ihren Urlaub genehmigt. »Wie sollte er uns mit ihm nicht alles schenken?«

»Trachtet zuerst nach dem Reich Gottes und nach seiner Gerechtigkeit, so wird euch das alles zufallen.«

Aber in diesem Verlieren um Christi Willen darf es von unserer Seite keine Ausnahmen geben. »Alles, Herr, außer diesem einen«, das funktioniert nicht.

Können wir uns an der Wiedergeburt erfreuen, ohne mit Christus gekreuzigt worden zu sein?

Wie viele Kompromisse!

Ich frage mich oft, wie es möglich ist, dass so viele Christen wie Bettler leben, wenn wir doch Königskinder sind – die wirklichen Kinder Gottes. Wir machen uns eine oder zwei seiner Verheißungen zu eigen, aber die meisten leugnen wir, ignorieren wir oder – wir lehnen sie ab.

Wenn wir tatsächlich »gesegnet sind mit allem geistlichen Segen im Himmel durch Christus« (Eph 1, 3), warum seufzen wir dann so oft? Sind wir wirklich erlöst? Oder hat der Teufel Recht, wenn er uns Tag und Nacht anklagt? Ist es wahr, dass wir »in ihm die Gerechtigkeit [geworden sind], die vor Gott gilt«? (2. Kor 5, 21).

Nietzsche hat einmal gesagt: »Vielleicht hätte ich an einen Erlöser geglaubt, wenn die Christen erlöster ausgesehen hätten.« Steht nicht in Römer 5, 5 geschrieben: »Die Liebe Gottes ist ausgegossen in unsre Herzen durch den Heiligen Geist, der uns gegeben ist.« Warum erkennen dann die anderen Menschen nicht diese Liebe in unseren Augen? Wir leben so oft wie fleischliche Christen.

Müssen wir durchs Feuer hindurch gerettet werden, und unsere Werke verbrennen? (1. Kor 3, 15).

Dieses Eine weiß ich, wir leben weit unter dem, was wir eigentlich in Christus sind. Wie ist das möglich? Sind wir vielleicht nicht wirklich bereit, unser Leben um Christi willen zu verlieren? Wenn wir unser Leben erhalten wollen, werden wir es verlieren.

Dürfen wir dann unter anderem für eine Wiedergeburt beten?

Was ist die Meinung unserer Kirchen in dieser Hinsicht? Freut sich meine Kirchengemeinde, wenn sie erfährt, dass in einer anderen Gemeinde, die vielleicht fundamentalistischer oder modernistischer als unsere ist, eine geistliche Wiedergeburt begonnen hat? Werden sie mit Freude hören, dass zwanzig Leute aus jener bestimmten Sekte bekehrt worden sind, von der sie sich hinsichtlich der Lehre des Chiliasmus* so sehr unterscheiden?

»Damit sie alle eins seien. Wie du, Vater, in mir bist und ich in dir, so sollen auch sie in uns sein, damit die Welt glaube, dass du mich gesandt hast.« (Joh 17, 21).

Nicht?

Wie kann dann meine Kirche für eine Wiedergeburt beten?

Und was ist mit meiner Bereitschaft, anderen ihre Sünden zu vergeben? Liegen die Sünden meiner Mitchristen in den Tiefen des Meeres? Ist der Ruf aller nicht Anwesenden bei mir sicher verwahrt? Oder sind ihre Sünden so fest am Ufer verankert, dass ich, sollte ich über sie befragt werden, sofort alles über ihre störenden und unfreundlichen Charaktereigenschaften sagen könnte?

Wenn das für mich zutrifft, darf ich dann für eine Wiedergeburt beten?

Wenn ich so wenig von der Realität der Verheißungen Gottes verstehe, dass meine Probleme größer als der Sieg Christi erscheinen, darf ich dann auf eine Wiedergeburt hinarbeiten, sogar soweit gehen, dafür zu beten?

Mache die Welt wieder neu, oh Herr, und beginne mit mir!

Später sprach ich mit einer anderen Studentengruppe über das Thema Wiedergeburt und erwähnte unter anderem diese hohen Anforderungen für die, die sich mit Gebeten auf die Wiedergeburt vorbereiten wollen.

---

* aus dem Griechischen *chilioi* = 1000; nicht unumstrittene Lehre vom Tausendjährigen Friedensreich auf Erden vor der Endverwirklichung des Heils, die sich auf Offb. 20 stützt. (Zitiert nach J. Hanselmann / U. Swarat, Fachwörterbuch Theologie, R. Brockhaus, 1996)

»Das heißt ja dann, dass ich nicht für eine Wiedergeburt beten darf«, sagte Lucy.

Was? Sollte das das Ergebnis sein? Hatte ich einen Fehler gemacht, als ich solche erhabenen Forderungen aufgestellt habe? Sollte ich beim nächsten Mal diese Dinge anders darstellen? Vielleicht wäre ein kleiner Kompromiss pädagogisch sinnvoller?

Am selben Nachmittag nahmen mich Lucy und John in ihrem Auto zu einer herrlichen Fahrt durch die Berge mit. Es war ein wunderschöner Tag. Wir picknickten in einem der staatlichen Parks tief im Wald und sahen später einen zauberhaften Sonnenuntergang. Der Himmel schien durchflutet zu sein von den Silhouetten der Häuser und Türme, was ihn wie ein Märchenland aus wunderbaren Farben aussehen ließ: gold, grün, rosé und blau.

»Glauben Sie, der Himmel wird so aussehen?«, fragte Lucy.

»Wenn du am Tor zum Himmel stehst, wirst du dein Leben aus der Vogelperspektive sehen«, erwiderte ich. »Ich musste oft dem Tod ins Auge blicken. Es scheint, als ob du dann die Wirklichkeit siehst, du siehst die Dinge in ihrer eigentlichen Sicht: die großen Dinge groß, und die kleinen Dinge klein.«

»Ich glaube, ich werde meine Sünden dann sehr groß sehen«, sagte Lucy.

»Wie sehen sie jetzt für dich aus?«

»Auch sehr groß. Als Sie über die erhabenen Forderungen sprachen, die wir erfüllen müssen, bevor wir um Wiedergeburt beten dürfen, konnte ich erkennen, dass ich noch nicht annähernd weit genug gekommen bin, um würdig zu sein.«

»Und du akzeptierst diese Situation einfach so?«, fragte John.

»Nun ja, ich glaube, so bin ich eben. Ich bin ein Kind Gottes, aber sicherlich kein bisschen besser als andere Christen. Schließlich sind wir alle nur Menschen.«

»Aus welcher Richtung meinst du, ist diese Bemerkung gekommen, vom Geist Gottes oder vom Teufel?«, sagte ich.

»Sehr wahrscheinlich vom Teufel, denke ich.«

»Und glaubst du, was er sagt? Weißt du nicht, dass er von Anfang an ein Lügner ist und dass er nichts anderes kann als lügen und betrügen? Wenn ich immer nur lügen und prahlen würde, würdest du mir noch zuhören? Ganz sicher nicht. Warum hörst du dann dem Teufel zu?«

»Vergiss nicht, dass er ein besiegter Feind ist. Jesus war gesandt worden, die Werke des Teufels zu zerstören. Wir müssen nicht die Verantwortung für eine einzige Sünde übernehmen. ›Wenn euch nun der Sohn frei macht, so seid ihr wirklich frei‹« (Joh 8,36).

»Nun denke noch einmal darüber nach, was du heute Morgen gesagt hast: ›Dann darf ich ja nicht für eine Wiedergeburt beten.‹ Hier ist unsere Welt, so abgrundtief bankrott und unglücklich, dass sogar der Gleichgültigste sehen kann, dass wir auf Zerstörung zusteuern. Es leben nicht nur Millionen von Menschen ohne Christus, aber es erwartet sie auch eine Ewigkeit ohne ihn. Im Lauf der Geschichte haben wir gesehen, dass Gott Wiedergeburten als Mittel benutzt, um Tausende von Menschen für die Ewigkeit zu retten. Was du dazu beitragen kannst, ist, mit anderen dafür zu beten. Aber du kannst es nicht, so lange du an deinem Egoismus festhältst, an deiner Selbstsucht, deinem Stolz, oder was sonst deine ständige Sünde ist. ›Nun gut‹, sagst du; und du hängst weiter fest an deinem Ego und deiner Sünde, und du denkst, dass alles in Ordnung ist und dass das Leben so sogar ganz angenehm ist. Du erkennst gar nicht, dass du an Händen und Füßen gefesselt bist, dass du dein Leben verlierst, indem du versuchst, es zu retten. Du möchtest die geistliche Wiedergeburt genießen, aber du weigerst dich, dich jeden Tag von neuem mit ihm kreuzigen zu lassen und selbst zu sterben. Das Ergebnis ist nicht nur, dass du ein völlig verarmtes geistliches Leben führst, das nur wenig von dem Sieg Christi in sich hat, sondern dass diese blutende, dahinsiechende Welt einen weiteren Fürsprecher verloren hat. Wache auf und sieh die Realität dieser Wahrheit. Gib dein Leben um Christi willen auf, und du wirst es retten. Heiligung ist keine Last, sondern eine gesegnete Erleichterung.«

In der Zwischenzeit war die Sonne untergegangen, und die Dunkelheit hüllte uns ein, obwohl der Himmel immer noch golden durchflutet war. Aber bevor wir die Heimfahrt antraten, bekannten wir uns alle drei noch einmal neu zu Gott, indem wir beteten: »Wie du mich gesandt hast in die Welt, so sende ich sie auch in die Welt. Ich heilige mich selbst für sie, damit auch sie geheiligt seien in der Wahrheit« (Joh 17, 18-19).

Ewiges Leben

*Nichts kann mich von dem Meer der Liebe Gottes
in Christus Jesus trennen.*

So weit wie möglich achteraus, wie man auf dem Deck
eines Frachters gehen kann, fand ich eine ruhige Ecke, wo
ich herrlich allein sein konnte.

Ich lehnte an der Reling und starrte auf das silbrige Kiel-
wasser, das unser Schiff auf der Meeresoberfläche hinterließ. Delphine sprangen aus dem Wasser heraus. Sieben
Möwen flogen um das Schiff herum. Sie würden uns treu
folgen, bis wieder Land in Sicht sein würde.

Ich grübelte.

Was für eine winzige Nussschale ist doch unser Schiff
auf dem riesigen Ozean!

Welch eine winzige, unbedeutende und vergängliche
Kreatur bin ich! Zwischen meiner Geburt und meinem Tod
darf ich einige Zeit auf dieser Erde leben und danach …
Ewigkeit.

Wo bin ich genau?

Hier bin ich an Bord eines winzigen Schiffes, und tief,
tief unter mir ist das Meer, voll von dem geheimnisvollen
Leben der Meerestiere. Über mir ist der unendliche Himmel, aus dem ein Sturm kommen könnte, um dieses kleine

Schiff zu versenken. Um mich herum ist das endlose Meer, in dem so viele Menschen ertrunken sind.

Wo genau bin ich?

Ich lebe in einer Welt, die von Dämonen regiert wird, wo Kriege geführt werden, wo Hoffnungslosigkeit, Grausamkeit und Angst vorherrschen, wo Millionen von Menschen in China verhungern, wo in Teilen Europas ganze Städte in Ruinen verwandelt werden; wo Wasserstoffbomben die Atombomben in ihrer zerstörerischen Kraft noch übertreffen.

Wo genau bin ich?

Ich bin in einer Welt, die Gott so liebte, »dass er seinen eingeborenen Sohn gab, damit alle, die an ihn glauben, nicht verloren werden, sondern das ewige Leben haben« (Joh 3, 16).

Ich bin auf einer Erde, auf die er bald wiederkommen wird, er selbst, der versprach: »Siehe, ich mache alles neu!« (Offb 21, 5)

Eines Tages wird die Erde, diese wunderschöne Erde, »voll werden von Erkenntnis der Ehre des Herrn, wie Wasser das Meer bedeckt« (Hab 2, 14).

Wo bin ich genau?

Jetzt, in diesem Augenblick, bin ich in ihm.

Und unter mir sind seine ewigen Arme.